T0030198

Las vigilantes

Las vigilantes

Elvira Liceaga

Lumen

narrativa

El papel utilizado para la impresión de este libro ha sido fabricado a partir de madera procedente de bosques y plantaciones gestionadas con los más altos estándares ambientales, garantizando una explotación de los recursos sostenible con el medio ambiente y beneficiosa para las personas.

Las vigilantes

Primera edición: marzo, 2023

D. R. © 2023, Elvira Liceaga

D. R. © 2023, derechos de edición mundiales en lengua castellana:
Penguin Random House Grupo Editorial, S. A. de C. V.
Blvd. Miguel de Cervantes Saavedra núm. 301, 1er piso,
colonia Granada, alcaldía Miguel Hidalgo, C. P. 11520,
Ciudad de México

penguinlibros.com

Penguin Random House Grupo Editorial apoya la protección del *copyright*.
El *copyright* estimula la creatividad, defiende la diversidad en el ámbito de las ideas y el conocimiento, promueve la libre expresión y favorece una cultura viva. Gracias por comprar una edición autorizada de este libro y por respetar las leyes del Derecho de Autor y *copyright*. Al hacerlo está respaldando a los autores y permitiendo que PRHGE continúe publicando libros para todos los lectores.

Queda prohibido bajo las sanciones establecidas por las leyes escanear, reproducir total o parcialmente esta obra por cualquier medio o procedimiento así como la distribución de ejemplares mediante alquiler o préstamo público sin previa autorización.
Si necesita fotocopiar o escanear algún fragmento de esta obra diríjase a CemPro (Centro Mexicano de Protección y Fomento de los Derechos de Autor, https://cempro.com.mx).

ISBN: 978-607-382-666-2

Impreso en México – *Printed in Mexico*

Soy el reflejo de la poesía secreta de mi madre,
así como de sus iras ocultas.
Audre Lorde

Al fin y al cabo
¿no habitamos todas acaso el mismo cuerpo?
CHANTAL MAILLARD

Mi madre ha pulido el tono de voz con el que me dice ¿Qué crees? para anunciar un fallecimiento. Después de muchas muertes, su voz ha adquirido un matiz afinado, que dulcifica un futuro sablazo en el estómago. Ahora es más bien un hilo de voz artesanal, con los contenidos bien anudados. No como antes, que la muerte de otras personas se desbordaba por su boca y terminaba deshilachada sobre mi regazo. En ese entonces, me pedía que me sentara junto a ella y articulaba las malas noticias con voz ahogada mientras apretaba con su mano nerviosa mi rodilla. Sin embargo, perfeccionó el método como quien logra una caligrafía precisa de trazos simétricos. Y ya es capaz de hacerlo de pie, frente a mí y con los brazos cruzados, aunque se trate de la muerte de alguien tan cercano.

—¿Quién se murió? —respondí, bajando el libro que estaba leyendo.

Recuperamos de nuestra vida anterior a mi partida el hábito de comer en el bufet de un antiguo restaurante árabe, ahora venido a menos. Ahí mi madre puede devorar kippes, tabulé y hummus sin vergüenza, pues apenas hay una que otra mesa ocupada. Según ella hacemos, de paso, nuestra buena obra del día al apoyar a una familia de inmigrantes y su negocio en peligro de extinción en la cada vez más aburguesada colonia Narvarte. La colonia que en los tiempos de Celeste fue nuestra casa y en la que de vez en cuando turisteamos por pura nostalgia. Cruzamos hacia el fondo del restaurante por los arcos dorados con sus columnas corintias. Nos sentamos junto al espejo que refleja las bandejas metálicas con comida. Vamos por turnos al baño. Nos da nervio que desaparezcan su bolsa o mi mochila. Pedimos un par de aguas minerales a un mesero vestido de beduino. En esa coreografía rutinaria, primero se sirve mi madre, que siempre llega muerta de hambre. Vuelve a la mesa con un plato colmado de garbanzos. Me sirvo, entonces, yo. Cuando regreso a la mesa con un plato medio lleno para mí, medio vacío para ella, ya se ha arremangado la camisa y mastica.

—Joven —mi madre llama la atención de un mesero en túnica que carga una charola con botellas de refresco, junta las palmas de las manos y sonríe—, ¿será que le pueden bajar tantito a la música?

El mesero asiente con un cabeceo sin que se le caiga el turbante.

—Muchas gracias.

En cuanto se aleja lo suficiente para no escucharnos, me inclino hacia delante:

—No le hables como si fuera un niño chiquito.

Mi madre hace un gesto juguetón de hartazgo: rueda los ojos, saca la lengua chueca y me dice que no la regañe. Después se abstrae en sus bocados. Hace ruidos indiscretos de satisfacción, como si probara cada uno de estos sabores por primera vez.

She's an eater, me dijo un amigo levantando una ceja, cuando mi madre fue a visitarme a Nueva York y fuimos a cenar a un restaurante polaco que le habían recomendado. *She's so happy eating*, insistió, entre la ternura y cierta repulsión, con ese esnobismo neoyorkino que mira al otro como a un animal que escapó de un zoológico. *Her happiness is so easy.*

—¿Cómo va todo? —mi madre clava el tenedor en una hoja de parra—. ¿Has buscado clases?

Sabía que tarde o temprano llegaría esa pregunta. Niego con la cabeza. Miro el reloj en su muñeca, son las dos y media de la tarde.

—¿Y luego?

—Pues, a ver…

—A ver, ¿qué? —mi madre agranda los ojos de preocupación para presionarme, mientras sus manos rompen un pan pita que hunde en mi jocoque.

—A ver qué pasa…

Antes de comerse el bocado, abre la boca para decirme algo, pero la interrumpo:

—¿Tenemos que hablar de tu urgencia por que yo consiga trabajo?

Recién me liberé de la camisa de fuerza que es la universidad y ella ya está empujándome al mercado laboral.

—Debería ser la tuya. ¿No vas a buscar algo en la radio?

Antes de irme a estudiar conduje un programa de radio nocturno en el que ponía canciones y hablaba de mis libros favoritos. Me escuchaban adolescentes con gustos musicales alternativos y, más que llamar a la cabina para pedir canciones o mandar saludos, me hacían preguntas concretas sobre los temas de su tarea. Qué es el comunismo, qué es la mitocondria. A veces sabía, recordaba la guerra cristera o la homeostasis de mi paso no tan firme y no tan lejano por la prepa. A veces no, y entonces gugleaba las respuestas. También me escuchaban adultos regresando del trabajo a casa y dependientes de lugares que nunca cierran. Los Oxxos, los aeropuertos. Con frecuencia me llamaban para contarme sus penurias amorosas y a mí me encantaba ser por un rato la Doctora Corazón.

Mi madre nunca me escuchó porque no le gustaba la música de la programación. Decía que era demasiado ruidosa, como si hubiera puesto canciones de Sepultura y no de Cerati. A mis horas sintonizaba estaciones de clásicos setenteros o de noticias. No escuchó mi última emisión porque ese día se fugó de la cárcel el Chapo Guzmán. Nadie escuchó mi programa de despedida. Ha pasado un lustro desde entonces y ahora la estación tiene la parrilla completa. Supongo, en vez de preguntar, que no necesitan una locutora fuera de juego. En esa vida anterior también narraba videos o anuncios. Me pedían diferentes entonaciones, intenciones, ritmos. Exploraba la teatralidad de mi voz, parecida al performance de la escritura en la página. Después, en Estados Unidos me convirtieron en latina e hice algunas voces para públicos inmigrantes. Anuncios de detergente, tutoriales para enviar y recibir dinero. Los publicistas gringos celebraban mi inglés mal pronunciado. Yo me sentía culpable por alimentar los estereotipos, pero necesitaba el dinero.

He perdido el contacto con mis compañeros de la estación de radio y, además, no quiero un trabajo. No es esa relación con el mundo la que necesito, sino otro sentido de arraigo, otra versión de la armonía. Quiero poner orden a un desorden más bien interno que no atino a nombrar. Dicen que es difícil irse pero es más difícil regresar.

Por el reflejo de la pared de espejo podemos observar el restaurante sin mirar directamente a nadie. El que creemos que es el dueño por el puro prejuicio de sus ojos negros, la barba de candado, el pelo en pecho y las cadenas de oro que cuelgan de su cuello empuja de un lado a otro un carrito de dos pisos para ofrecer una variedad de postres. Lo esquivamos para servirnos más, otra vez por turnos.

—¿Cómo va la escritura?

Me alzo de hombros. Omito que tengo el impulso de escribir sobre mi hermana para recordarla. Le digo que no he podido concentrarme desde que llegué.

—Me imagino —me roba una cucharada de tabulé—, con lo ocupada que estás.

Tengo que acercarme mi plato para alejarlo de su hambre.

—Por cierto, ¿sabes qué?

Mi madre me informa que Mildred, una de sus antiguas amigas del dominó, le dijo el otro día, después de haber leído un relato mío publicado hace un par de semanas en una revista, que no estaba de acuerdo conmigo:

—Ese cuento sobre ti, Catalina —imita el acento caribeño de su amiga—, ese texto obviamente autobiográfico —suelta los cubiertos para entrecomillar con los dedos las palabras— no es justo.

Se me atora el tabulé en el esófago. Doy un trago a mi agua mineral.

—Mildred —mi madre vuelve a su acento chilango y me acusa con el dedo índice— dice que no soy para nada como en tus narraciones. Es más, dice que soy encantadora y muy maternal. Que desde luego que no soy indiferente, y que si fuera yo, estaría muy dolida.

Se enciende la alerta del sacrilegio en mi cerebro: mi cuerpo se prepara para mentir. Y un poco atragantada le digo que el cuento no se trata en realidad de ella.

—¿No?

—Obviamente, no.

—¿Ni un poquito? —me pregunta con esa modulación terapéutica de la voz que usa para situarse por encima de los demás.

—Pues no. Es ficción.

—No importa —responde expeditiva, como si ella no hubiera sacado el tema. Echa un vistazo por encima de mi hombro.

Me dice con una repentina indiferencia que no me preocupe, mientras mastica carne cruda.

Me crece adentro una culpa que todavía aletea. Me arrepiento de haber escrito el maldito cuento. Me arrepiento de haberlo publicado. Me arrepiento de haberla usado. Me asusta pensar que ni siquiera se me había ocurrido que una vez fuera de mi cuaderno, mi madre leería el texto y se encontraría a sí misma en el personaje de mala madre. O tal vez sí se me ocurrió. Reconozco en secreto que he desbloqueado un nuevo nivel de egoísmo y, sin embargo, sé que no es la última vez que lo haré.

—¿De verdad no te importa?

—Pues no.

Mi madre tiene una capacidad casi admirable para abrir heridas sin responsabilizarse de ellas.

Le explico con patadas de ahogado que no es ella, que el personaje quizá se parece a ella porque de algún lado tiene una que sacar ideas.

—Robar ideas —corrige mi gramática y mi ideología al mismo tiempo.

Vencemos el silencio incómodo masticando con una lentitud ridícula, entre suspiros. Suben el volumen de la música del Medio Oriente y tengo que levantar un poco la voz:

—¿No te importa que yo te retrate como una madre… —desfilan varios adjetivos en mi mente: lejana, ausente, desobligada— no sé… —acabo la pregunta con un movimiento circular de la mano.

—Una madre… —copia mi manoteo— ¿qué?

—Una madre diferente —respondo desde la cuerda floja. Termino, desde luego, por acobardarme.

Una bailarina con senos que rebosan el escote sale de los baños moviendo sus caderas a un ritmo hipnotizante. Se acerca a las mesas, a las ocupadas y a las vacías, coqueteando con comensales reales e imaginarios, comprometida con su acto. Y a juzgar por su rostro, disfrutándolo.

Para evitarla, clavamos los ojos en nuestros platos con restos de comida.

—¿No que es ficción? —mi madre recupera el tono despreocupado de nuestras lógicas civilizadas que acordonan el drama.

La bailarina viene, irremediablemente, hacia nosotras y baila su danza del vientre. Su cuerpo ondula. Toda ella cascabelea. Nos busca, seductora, con la mirada ornamentada. Una fina cadena de falsos diamantes enmarca sus cejas. Con una sonrisa sella su sensualidad al tiempo que sus brazos serpentean desde su espalda erguida y su ombligo nos envía un mensaje telegráfico.

Mi madre se rinde ante su presencia. Mueve su cabeza al ritmo geométrico de la música árabe. Saca de su cartera cien pesos y, con la boca llena, estira sin vergüenza el resorte del calzón de la bailarina para atorar el billete con la cara de Sor Juana.

El agua mineral se me regresa por el esófago y la escupo. Me limpio la boca con el extremo de la manga.

La bailarina y yo compartimos una sonrisa incómoda.

—Perdónela —le ruego con los ojos.

Ella se esconde el billete en el brasier de lentejuelas y sin interrumpir su cadencia se aleja de nosotras con el movimiento independiente de sus caderas vivas.

Mi madre me muestra su cartera abierta, ahora vacía. La regresa a su bolso. Se mete una cuchara de cuscús a la boca.

Escribo a mano en una libreta medio usada y sucia, con la superficie y las orillas de las hojas empolvadas. Acartonada, además, por la humedad de la azotea de mi madre. Otro intento fallido de un diario disciplinado. Una libreta verde limón, un color estridente para no perderla, que me regalaron en alguno de aquellos trabajos mal pagados en un call center, una agencia de viajes, una tienda. Una libreta que abandoné entre mis libros apilados sobre el piso, en torres sin orden que conquistan la pared, donde también envejecen los papeles huérfanos, los artículos impresos y las fotocopias arrugadas de la universidad que probablemente no volveré a leer, pero que algo me aportan ahí calladitas.

Caigo en la tentación de las letras mayúsculas que me obligué a trazar en los pizarrones, después de que mis alumnos de español en Nueva York se quejaron de que no entendían mi cursiva. Escribo con letras mayúsculas mal amarradas por sus techos y sus suelos, que, ni redondas ni itálicas, se desbordan de los renglones.

Hace unos días, ya de regreso en México, en una sesión de terapia saqué mi libreta resucitada para anotar tal vez una advertencia, tal vez una instrucción o una máxima nueva. Una de esas frases que revelan lo invisible: costuras inconscientes, los mecanismos más interesantes. Y mientras escribía alguno de esos descubrimientos tardíos sobre mí misma la terapeuta se levantó de su asiento para asomarse a mis trazos. Me advirtió que la letra en mayúsculas delata a una persona insegura que finge fortaleza. Dinamitó en un instante mi estrategia caligráfica.

En grande y hasta arriba escribo *Celeste*. Repito la palabra hasta que, abstracta, me sale en un solo rizo.

Abajo me espera el silencio blanco de la página.

No puedo recordar a mi hermana menor.

¿A qué jugábamos cuando éramos niñas?

Enlisto juegos con los que supongo que las niñas pequeñas se entretienen para saber si alguno se ilumina en mi espacio mental anochecido: las muñecas, la comidita, la peluquería, las secretarias. Aunque estoy segura de que las niñas ya no juegan a ponerse tacones y trajes sastre para pretender que escriben en un teclado de papel y chismean con sus colegas a escondidas de un jefe imaginario, al que le coquetean.

No se me ocurre a qué más pude haber jugado con Celeste y me parece una agresión privada contra ella. Pero no logro arrebatarle esas escenas a la oscuridad, a la que me asomo con vértigo. Quizá porque yo no pude hacer nada por traerla de vuelta, solo me permito cristalizar su ausencia, delinear el espacio hueco y escuchar su vacío.

Recuerdo, sin embargo, haber jugado con mi mejor amiga de la escuela a las princesas. Con Alejandra jugábamos también a las sirenas. El impacto que tuvo en nosotras *La sirenita* fue incalculable para nuestros padres y, como un par de damnificadas de Disney, ejercimos libremente nuestro derecho a la cursilería envolviéndonos las piernas con sábanas y cantando con desafino las canciones de la película, mientras peinábamos nuestras largas cabelleras de mentiritas. Cada vez que toco uno de esos recuerdos salgo astillada. La familia de Alejandra me invitaba a su casa en Chiconcuac los fines de semana en que mis padres viajaban con mi hermana para consultar especialistas.

Bajo de la que llamo mi azotea al departamento de mi madre. Por más que intento no hacer ruido ella siempre me descubre.

—¡Julia!

Me da un mínimo de vergüenza que me sorprenda entrando a la cocina con los topers vacíos en la mano, en los que pienso llevarme porciones discretas de picadillo, tinga o sopa de zanahoria. No es la primera ni la última vez que me robo en sus narices la comida que ella compra, aunque fingimos que es una situación temporal.

—Si me dejaras vivir contigo, estos penosos saqueos no serían necesarios —le guiño el ojo.

Esta mañana noto que ha comprado alcatraces blancos y aves del paraíso para el altar de Celeste que, en algún momento, reubicó de la sala a ese espacio de tránsito entre la sala y la cocina. No hay donde sentarse para mirarla o platicarle. La foto de mi hermana cuelga del mismo marco dorado y ovalado desde hace quince años. Celeste sonríe. Tenemos diferentes teorías sobre de qué se reía cuando le tomaron la foto. Sus labios delgados. Su diente ausente. Mi madre conserva el diente en el alhajero de su habitación, junto a otras reliquias que un día va a heredarme. Los ojos brillantes y las pestañas largas, enchinadas por la almohada. El cabello a la altura de la barbilla y despeinado. Celeste detestaba vestirse y se echaba a correr para que no la peinaran. El fleco le tapa las cejas tupidas.

—¿Todo bien allá arriba? —me pregunta mi madre, sin dejar de leer las noticias. Está sentada de piernas cruzadas en la cocina. Lleva unos pantalones negros y una camisa a rayas rojas y blancas, mal abotonada. Puedo ver la piel ahora acartonada de su pecho cuando me inclino hacia ella para darle un beso en la frente. Tiene el pelo mojado.

—Tu camisa.

—Qué romántico vivir en una azotea, ¿no? —se burla de mí, mientras se reajusta los botones. Las rayas de su camisa se alinean—. ¿Estás trabajando en obras misteriosas, a la Tina Modotti?

A mi madre le parece patético que yo viva parasitariamente en su azotea, a menos que esté tomando fotos que me hagan pasar a la historia y organizando reuniones clandestinas con una élite de intelectuales para tramar una revolución artística.

—Oye, qué bueno que bajas. Te necesito.

Me parece sospechoso: uno de los acuerdos no pronunciados entre nosotras ha sido no necesitarnos. Yo no sería Celeste. Yo estudiaría, con buenas o malas calificaciones. Trabajaría, con pasión o por obligación. Me emparejaría, quizá tendría hijos. Sería una mujer feliz, o no. Pero me mantendría a salvo y le evitaría más preocupaciones.

—Nos urge alguien que enseñe a leer y escribir.

Le pregunto a quién, mientras elijo entre los platillos que compra en una cocina del barrio. Es obvio que compra para dos.

—Con las embarazadas, en el albergue —se humedece el pulgar derecho para dar vuelta a la página del periódico.

Desde que se jubiló, mi madre es terapeuta voluntaria en diferentes tipos de refugios. En el que más colabora se dedica a conversar con mujeres embarazadas que no pudieron o no quisieron abortar y volver a sus casas es peligroso. A veces porque ahora, esperando un hijo, sus familias las rechazan. A veces porque no pueden costear el embarazo. A algunas de ellas las captaron grupos antiaborto y las convencieron de no hacerlo a cambio de llevarlas a un albergue como ese, donde pueden dar a sus bebés en adopción si no quieren ser madres.

—¿Te gusta la idea? —levanta por fin la vista y después la jarra de café, preguntándome con un gesto si me sirve.

Mi madre, que fue a una escuela de monjas en Guanajuato y por eso nos crio lejos de la religión, que se salió de la primera de muchas misas que sus tías organizaron para Celeste, sin embargo, coopera con esas casas de espera orquestadas por la iglesia. ¿Por qué lo hace? ¿Cuánto desconozco de ella? ¿Por qué me invita? Me siento frente a ella, con mis topers apilados sobre la mesa, y observo a esa mujer que me compró la pastilla y me cuidó mientras abortaba cuando me embaracé en la prepa, sin hacerme una sola pregunta.

Le acerco una taza vacía y me sirve.

Suelen ser mujeres que necesitan hablar y ella quiere escucharlas. A veces no saben qué hacer y ella quiere acompañarlas mientras toman una decisión, en el proceso de renunciar a sus hijos. Me explica que, algunas veces, las mujeres llegan al albergue porque no sabían que estaban embarazadas. Me cuenta de una chica a la que en el centro de salud le regalaron condones, pero no le dieron instrucciones. Los hirvió, creyendo que era un té anticonceptivo. Me cuenta de otra que llegó poco antes de parir porque hasta los siete meses no supo que estaba encinta. Algunas veces, argumenta, los doctores se niegan a practicar abortos. Hablamos de las enfermeras que te ponen mala cara, de tantas maneras de cuestionarte.

Comprendo su relación con ellas, pero no con los hilos que mueven esos lugares. Mi madre lo sabe, pero insiste en su oferta.

—Piénsalo —dobla una columna del periódico y la arranca para guardarla—. Piensa bien si quieres ir a darles clases sin entrometerte…

—¿Ellas quieren?

—Ay, claro. Si no, no te preguntaría.

Doy un sorbo al café, que ya se enfrió.

Divido mi libreta en dos secciones. Titulo la segunda parte *Madre*. Los picos de la *M* mayúscula se me quiebran y el resto de la palabra en minúsculas resulta incomprensible, parecen signos vitales. Rayo la hoja entera y cambio de estrategia. Arriba y al centro: *Catalina*. Con el dedo índice esparzo los sobrantes de tinta en los nudos que enlazan las letras. Sombreo así la palabra, ensuciándola.

Vuelvo resignada a las cursivas. Quiero dominar el crecimiento desviado de una sola línea. Quiero recuperar la letra anterior a mi partida. La de los cuadernos, no la de los pizarrones. Para practicar la honestidad, para escribir sobre nosotras sin engañarme a mí misma. Quizá las cursivas atraigan más recuerdos, mejores recuerdos, recuerdos de piedra. Ojalá que la letra quiera escribir ella. Ojalá que la letra alcance a rascar con las uñas los escombros de ese tiempo.

He perdido la costumbre de trazar esta letra bastardilla que se parece más a un oleaje que a una cordillera, pero me gusta volver al proceso de mi letra verdadera. Me enorgullece que nadie la entienda. Aunque me detenga en pleno garabato porque al dibujarla, después de tanto tiempo, deba reaprender mis propios trazos en un mecanismo de la memoria sobre la hoja. Un acto de conocimiento involuntario. Aunque pause de vez en cuando porque no recuerdo cómo hilvanar algunas letras de finales altos con las siguientes de principios bajos.

Me sorprende que, ya habiendo soltado la mano, escribí *jefa* en lugar de *madre*. En mi letra teatral, esa Julia que le muestro a los demás, ella es mi madre, pero en mi letra interna es mi jefa.

Imaginé el albergue como una suerte de galpón con habitaciones improvisadas y catres enfilados sobre piso liso de cemento, con una cocina de estufas portátiles y una alacena de cajas que guardan donaciones de platos y vasos de diferentes juegos. Me imaginé a las mujeres sentadas en sillas plegables alrededor de mesas metálicas de Carta Blanca, agrupadas por actividades. Tal vez tejiendo, tal vez devorando, en contra o a favor del aburrimiento, el maratón de telenovelas de la tarde en una vieja televisión de antena. Pero el albergue es una mansión barraganesca en pleno Pedregal de San Ángel que un puñado de millonarios donó hace años a la iglesia.

Mi madre saluda al portero por su nombre y me presenta como su hija, la grande. Siento un golpe en el estómago, porque hace mucho que no la escuchaba especificarlo.

El guardia se cambia el llavero de mano y me da un apretón flojo.

—Pásenle, Catita.

A mi madre no le pareció importante avisarme que nos recibirían un par de monjas con las que tendría que presentarme en un despacho, al fondo de un jardín que parece de revista. Me da un empujón hacia ellas. Tengo el impulso nervioso de saludarlas con un beso en la mejilla y ellas dan con firmeza un paso hacia atrás. Yo, entonces, me retracto desconcertada, inconsciente del protocolo, que erige de inmediato un muro entre nosotras. Me dejo observar. Me pregunto por la renuncia radical de esas mujeres. ¿Cuáles son sus tentaciones? ¿Por dónde regresa y se cuela lo sacrificado? Me pregunto por las grietas de una vida reglamentada. No entiendo los compromisos totales, pero frente a ellas me doy cuenta de que me impresiona su capacidad para mandarlo casi todo a la chingada. Saben que yo también las estoy analizando. Me examinan con una sonrisa que acopla la distancia que nos separa.

Mi madre tampoco me advirtió que las mujeres en el albergue eran tan jóvenes.

—Buenas, buenas… —avanza por el inmenso jardín rectangular hacia el interior de la casa como si fuera suya—. Esta es mi hija, la grande —pregona otra vez, con lealtad a mi hermana.

Yo la sigo como una intrusa, saludando con movimientos cobardes de cabeza, con holas mudos y miradas de reojo, llamando sin querer la atención.

Conoce los nombres de todas. Y evidentemente sus historias. Admiro y envidio la familiaridad que tiene con ellas.

Algunas de las chicas juegan con una baraja en la sala, otras pasean en el jardín u hojean revistas, como matando el tiempo. Mi madre, como en su hábitat natural, da un par de pasos hacia delante, se acerca a ellas dejándome atrás. Yo la espero en mi sitio, como una isla. Con un tono de voz que las abraza les pregunta cómo están, cómo se sienten, si ya tienen hambre, si pueden dormir. Pasea sin vergüenza su mirada entre sus ojos y sus panzas, a las cuales yo no me atrevo a voltear. Cuando termina el recorrido se detiene en el desnivel que divide la sala del comedor de la mansión. Una de las chicas pasa y nos saluda con acento colombiano. Se acerca a mi madre para acomodarle el cabello:

—Antes de que te vayas, te peino.

—Chau, Irma —mi madre se recarga en el barandal para sacar la agenda de su bolsa, mientras la observo y pienso que parece más de todas esas mujeres que mía. Lee el nombre de las chicas con las que ese día tiene cita y antes de subir por las escaleras hacia donde me imagino que están las habitaciones y dejarme definitivamente sola, me señala con la nariz a una chica que me espera sentada en la mesa del comedor:

—Ella es Silvia.

Cuando era niña, de un tubo metálico mi madre exprimía hasta la última gota de una pasta negra. En el mismo cuenco de plástico de siempre la mezclaba con un líquido apestoso con el que, de pie y frente al espejo del lavabo, teñía cada rincón de su cuero cabelludo.

Ella había renunciado a la belleza mucho tiempo antes de que yo naciera, pero comenzó a pintarse las canas después de que en una junta de padres de familia una maestra le preguntó si era mi abuela. Desde entonces, tal vez una vez al mes o cada mes y medio, en domingo por la mañana me lanzaba un grito para invitarme a verla pintarse el pelo. Sabía que para mí aquello resultaba un espectáculo.

Me sentaba en primera fila, sobre el borde de la tina, para admirar cómo dividía su cabello en secciones y lo sostenía con pinzas, se enguantaba las manos para no mancharse y, sin dejar que me acercara, con una brocha se ennegrecía el pelo mientras cantaba canciones de Juliette Gréco que yo, por no hablar francés, tarareaba para imitarla.

A veces me concedía pintarme un mechón, aunque fuera de atrás, donde no se me viera, para que fuéramos un poco iguales. A veces también se sentaba en el piso y me dejaba a mí pintarle a brochazos el pelo. Nos bañábamos juntas y, llevándose algo más que nuestra apariencia original, el negro diluido descendía enramado por nuestros cuerpos, encharcándose a nuestros pies. Salíamos de la regadera como nuevas, siendo otras personas. Y yo volvía ese lunes a la escuela empoderada por mi secreto mechón negro que nadie nunca notaba.

Silvia me saluda de usted. Siento los dedos delgados de su mano fría en la mía. No sé cómo evitar que la clase sea un escenario donde ella tenga que actuar.

Es más o menos de mi estatura, ni alta ni chaparra. Lleva el pelo largo relamido con gel y atado con una dona fosforescente, ochentera, en una media cola que la aniña. Su voz, sin embargo, la aseñora por ser rocosa, naturalmente radiofónica. Me cuenta que quiere aprender a escribir cartas y le sonrío con complicidad, porque a veces pienso que para eso también aprendí a escribir yo. Las cartas libres de correspondencia son para lo único que de veras me ha servido poner una palabra tras otra. Silvia quiere escribirle a su familia en San Felipe Neri, su pueblo en Morelos. Quiere explicarle a su abuela por qué un día le dijo que ahorita venía y no regresó.

—¿Te están buscando?

Me responde con voz serena, pero mordiéndose las uñas, que no, que le habló desde el teléfono de este lugar.

—¿Y sabe que estás bien?

—Sí, sí. Mi abuelita estaba llore y llore porque creyó que me había pasado algo. Cómo me voy a haber ido así nomás sin avisarle, ¿verdad? Pero ya cuando le dije que estaba en una casa de unas madrecitas se calmó. Bueno, más o menos. Luego ya sí, cuando le dije que iba a regresar.

—Qué susto…

—Pues por eso le quiero explicar bien.

Después de romper el hielo, me confiesa que lo de escribir a su casa es algo que les dijo a las monjas, pero lo que de veras quiere es escribirle una o tal vez varias cartas al destinatario que tiene en la panza.

—A este es a quien le quiero explicar bien —susurra para que el bebé no la oiga, aunque me pregunto si no la escucha, si no se conocen por dentro.

—¿Explicarle qué? —replico el susurro, y me acerco a ella.

—Pues por qué no me lo voy a quedar.

Debería decir algo que demuestre que comprendo la situación.

—¿Es niño?

Silvia mueve de un lado a otro la cabeza y alza los hombros, como si el bebé no fuera de ella.

Lleva puesto un vestido negro que le queda grande y casi no se le nota la panza. Me cuesta trabajo asociar a la chica que tengo enfrente con el estereotipo que tengo de una mujer embarazada. Silvia se acomoda para sentarse en flor sobre la silla y deja caer las chanclas al suelo. A través del cristal de la mesa puedo ver la piel morena de sus piernas delgadas y puedo leer la talla 23 de las suelas.

—¿Cuántos meses tienes?

—17 semanas.

—¿Y eso cuántos meses son?

Levanta una mano y mueve los cinco dedos. El verde turquesa de sus uñas está desconchado.

—¿Sabes contar?

Mi pregunta la ofende:

—Si quieres pregúntame.

Niego con las manos para disculparme.

—Tenemos, entonces, poco más de cuatro meses —no se lo digo, pero es poquísimo para aprender a escribir cartas.

En mi grupo de segundo de primaria había una silla vacía. Durante casi un año, no permitimos que nadie se sentara en ese lugar y pedimos formalmente que no lo limpiaran. Estábamos convencidos de que la silla tenía los átomos de Alejandra. Alejandra falleció un domingo por la noche en un accidente en la carretera. En su ausencia hicimos de su silla una reliquia, a la que tal vez quien fue su propietaria visitaba.

Como muchas veces antes, ella había dejado de hablarme. Sin embargo, esta vez no habría manera de contentarnos. Yo no sabía, entonces, si la gente que muere enojada con alguien se queda enojada para siempre porque en vida no hubo oportunidad de hacer las paces, o si acaso la muerte anula los malentendidos y pendientes entre los muertos y los vivos.

Me dediqué a escribir cartas para Alejandra. Le pedía perdón. Me dediqué a destinar la separación, en ese caso irreparable, a la escritura. Dejé los sobres cerrados sobre su silla por una semana, dándole tiempo a que leyera las cartas en una de sus visitas. Después las guardaba en una caja de puros reciclada que forré y etiqueté con su nombre, un módico ritual con el que me acostumbré a apaciguar la pérdida al mismo tiempo que a prolongar el duelo.

Al regresar de las vacaciones de verano encontré las sillas pulidas. Busqué en otros salones, pero no encontré ninguna con rastros de las palabras marcadas con la letra de Alejandra. Me pregunté si volvería a visitarnos, aunque no tuviera una silla, su silla, aquel objeto de metal y de madera con el que invoqué a su fantasma mientras aprendí a aceptar su ausencia. Esa primera ruptura no me preparó para perder a Celeste, años después. Me enseñó, tal vez, a quedarme sin respuestas. Me quedé, además, sin el perdón de Alejandra, y con un montón de hojas en blanco para seguir escribiendo cartas. Y, hasta la fecha, me aseguro de tener papel disponible en caso de futuras pérdidas.

Después de años de oponerse a la tecnología, mi madre sucumbió a la presión social y cambió su teléfono de botones por uno de pantalla táctil. Cree que es la última persona adulta en haberlo hecho, y eso le place. Le tomó tiempo aprender a mandar correos, pero de repente me reenvía videos por WhatsApp. Videos curiosos sobre el descubrimiento de alguna nueva especie animal, cuerpo galáctico o yacimiento arqueológico; mensajes reflexivos, motivacionales. Es sorprendente, porque tuvo que tomar un curso para aprender a usar su computadora y casi cada vez que me ve me entrega un paquete doblado con recortes de revista y de periódico que cree que podrían interesarme. Tampoco termina de renunciar a esa agenda de bolsillo con funda de piel que cada año compra en Sanborns. La colma de pendientes, post-its con notas y tareas. Necesita materializar su administración del tiempo, tocar su vida ordenada. *Mi favorito*, escribe después de un concierto subrayado. *Se cancela porque la maestra está enferma*, escribe al lado de un taller tachado.

El tiempo libre fue durante años su objeto inalcanzable de deseo. Su vida transitaba atropelladamente entre la casa y sus pacientes, la casa y los consultorios de los doctores de mi hermana, la casa y los hospitales. El día que por fin se jubiló se consagró a otra tiránica lista de pendientes, se repleta de trámites, clases, voluntariados, paseos, viajes, de todo tipo de compromisos esclavizantes. Leí en una novela de Rachel Cusk que cuando uno consigue liberarse de cierta dependencia, como en una relación tóxica o una deuda económica, tarde o temprano y sin saber cómo, termina en otro tipo de atadura. Una nueva versión de la prisión anterior.

Desde que tiene un teléfono nuevo al que ella llama *moderno*, y cada vez que dice *moderno* pronuncia la *r* en inglés, manda consejos e inspiraciones prefabricadas. La imagino acostada en el sofá de terciopelo azul petróleo de su sala, ignorando su calendario y descubriendo el universo infinito de los consejos de vida.

—Ma… No me mandes cadenas.

—¿Qué es eso?

—Los videos y las imágenes.

—Ay, pero es que son buenísimos.

—No caigas en eso.

—Y ¿por qué no?

—Porque tú eres una persona inteligente.

—No, ¡tú quieres que lo sea!

En México encontré mi antigua habitación sin una sola estantería, ni un gancho del que colgar un suéter o una chamarra. No tenía un cajón donde guardar al menos mi pasaporte o mi título universitario entubado. Desde mi última visita, mi madre redecoró estratégicamente el espacio con un carácter minimalista para que yo no cupiera. Estiló un cuarto de visitas de tonos árticos, con la misma cama individual de mi infancia y adolescencia ahora cubierta por una colcha beige. Al lado, una repisa flotante con una lámpara gris. Tuve que desempolvar del trastero un viejo perchero de latón que me permitió desempacar por lo menos la muda de un par de días, y reutilizar una maceta que puesta de cabeza sirvió de buró. Enfilé los libros que traje en una esquina sobre el piso y acomodé cremas en el reborde de la ventana, pero ella no me dejó instalarme.

—Puedes empezar de nuevo —me dijo, con las mismas palabras que usó cuando me convenció cinco años antes de estudiar en otro país—. Ser quien tú quieras.

Como si yo supiera quién quiero ser.

Me fui a estudiar literatura, a pesar de que todo mundo me advirtió que después me moriría de hambre. En ese momento mi madre me aconsejó:

—Estudia lo que más te guste y si es necesario pido un préstamo y ponemos una papelería. Yo me las arreglo, que para algo me he matado trabajando toda la vida. Pero que te guste más tu carrera que tus hijos y tu marido.

Y me fui con una beca que les dio envidia a mis compañeros, que contrajeron deudas. A diferencia de ellos, no me gasté ni un dólar más del necesario porque sabía que, en el regreso, esos ahorros serían mi escapatoria de una vida de oficina.

Ahora que he vuelto, mi madre ignora que lo único que quiero es pausar un tiempo con ella.

Hace unas semanas se cruzó de brazos y se recargó en el umbral de la puerta, afirmándose, innegociable.

—Pero si tú ya eres una adulta. ¿Por qué querrías vivir con tu mamá?

Me dijo que me fuera para que encontrara mi lugar en esta ciudad. Me dijo que me fuera de la que antes fue mi casa porque de quedarme ahí la iba a odiar, a ella. Odiaría vivir bajo su techo, bajo sus reglas. Me dijo que empezaría a criticar su alimentación, sus horarios, sus modos y hasta su decoración. E iba a querer educarla como ella también alguna vez quiso educar a sus padres. Eso —advirtió con el dedo índice en alto para señalar sus primeros recuerdos de la inconformidad— fue insoportable.

—Así que permíteme ahorrarte el mal trago: soy incorregible —rematé con una sonrisa para enredar lo que en ese momento me pareció frialdad.

Me pregunté cuándo empezamos a ser personas sin remedio. Pero, sobre todo, me pregunté por qué disfrazaba su necesidad de estar sola con mi independencia. A Celeste, a veces lo pienso con un inmediato latigazo de arrepentimiento, nunca la hubiera empujado a las afueras.

Como siempre, mi tía Mercedes escuchó el inventario de mis quejas, reclamos, sentimientos no cobrados. Platicamos y platicamos. Ninguna terapia como la de Mercedes para convertir en agradecimientos mis rencores. Me invitó a su casa. También mi amiga Lucía me ofreció un sillón donde acomodarme el tiempo que me diera la gana, pero sabíamos que esa no era ninguna solución. Al cabo de un par de semanas, con tal de no gastarme los ahorros de la beca en alquileres y con tal de no necesitar por un rato un trabajo, me mudé al cuarto de servicio en el techo. Todas lo vieron como una derrota y, sin embargo, me acomodé con mis pocas pertenencias y mi colección de vergüenzas fingiendo que empezaba de nuevo.

Para empezar por algún lado y para abrir una relación sentimental con el lenguaje, se me ocurre preguntarle a Silvia si tiene una palabra favorita.

—¿Una palabra favorita? —me mira como si estuviera yo confundida, mientras deshace parsimoniosa su larga trenza negra.

—La mía es *macadamia*.

Me pregunta con sospecha por qué y le contesto que me gusta cómo suena. Canto la palabra. Hago a propósito un ridículo operístico. Ella, al otro lado de la mesa, se repatinga en el asiento, se cruza de piernas y de brazos e intenta no burlarse. Después hace una cara desobligada de que sí, podría ser que suene bonito.

Busco una fotografía de la nuez en el internet de mi teléfono.

—Ah, sí. Sí sé cuáles son —responde bostezando.

Le pregunto si tiene sueño, si quiere que la deje descansar y vuelva mejor el siguiente miércoles.

—No, no te vayas —se cruza de brazos y se acurruca en la silla.

Con la descripción de la foto nos enteramos de que la nuez de macadamia es el más moderno de los frutos secos. Se descubrió apenas el siglo pasado. Se llama así en honor al naturalista y político australiano John Macadam.

—Un montón de cosas tienen el nombre de quien las descubrió —le digo, y me avergüenzo del origen tan aburrido de mi palabra favorita.

—¿No ves una cobijita por ahí? —abre bien grandes los ojos, forzándose a poner atención.

Miro hacia la sala, unos escalones abajo, y hacia el jardín mojado.

—No veo ninguna. Pero, mira, te voy a mostrar cómo es la palabra, a ver si sacamos la primera sílaba —comienzo a escribirla frente a ella en mi libreta verde.

—¿Y el nom… —la interrumpe otro bostezo—, el nombre que tenía antes?

¿Cuál es el protocolo si tu alumna se queda dormida nada más empezar la primera clase? ¿Es por mi tontería de la nuez?

—¿Antes de qué? ¿Quieres que pregunte si hay café?

—Pues antes de que ese señor llegara y la viera y le pusiera su apellido —se le cierran, poco a poco, los ojos a Silvia.

Me quedo sentada observándola, esperando que nada a nuestro alrededor la despierte.

Celeste bostezaba a deshoras. Las medicinas adormecían a mi hermana. Los efectos secundarios eran demasiado relajantes y dormitaba mientras comía. Acurrucaba la cabeza en sus brazos cruzados sobre la mesa. Entre bocados, en plena conversación. En casas ajenas, sigilosa como un gato se buscaba un rincón, alguna esquina, lejos del ruido. Tal vez por la conciencia de la caída. Tal vez por cierta vergüenza de perder la batalla contra la vigilia. Una vez la encontramos dormida en posición fetal en una tina de baño. En otra ocasión, en un vestidor. En las salas de espera dejaba caer su cabeza sobre el hombro o el brazo de quien estuviera sentado a su lado. En las clases se recargaba sobre sus cuadernos.

Su mente y su cuerpo respondían a una velocidad distinta, más lenta.

Descubrirla cabeceando me daba miedo.

No fuera a tener la pesadilla.

Si yo le tronaba los dedos para que espabilara, *Acuérdate, Julia...* —la cantaleta de mi madre—, que a Celeste hay que dejarla dormir. *Acuérdate, Julia, tú no eres la mamá.*

El comedor del albergue donde Silvia y yo tenemos la clase lo conforma una mesa de madera oscura para doce sillas con respaldo de piel roja capitoneada. Está situado sobre un desnivel, unos escalones arriba de la sala, y frente al jardín. Un ventanal limpísimo confunde el adentro con el afuera. Silvia casi siempre se sienta antes que yo y me espera medio desparramada en la silla, con la mirada perdida. Cuando me siento al otro lado de la mesa ella se endereza. Si le pregunto en qué estaba pensando me mira sorprendida. Sus manos reposan sobre una bolsa de plástico en la que guarda hojas y lápices. Traigo una bolsa de nueces de macadamia que compré en una combi de productos oaxaqueños. Silvia se mete un puñado a la boca y aprueba su sabor. Asiente con la cabeza y arquea las cejas.

—Con razón es tu palabra favorita: es muy sabrosa.

Yo devoro nueces como si también estuviera embarazada.

Le digo que tengo varias opciones de palabras para empezar a aprender a escribir. Me responde que ella sabe, de memoria, escribir su nombre. Le propongo partir de ahí, de ella misma. Su madre le enseñó a escribirlo para que pudiera firmar. Su madre que, aclara, no se llama igual que ella, sino Amalia.

—Pero yo fui un poquito a la escuela. Hace muchísimo. Ya ni me acuerdo cuánto tiempo, pero luego me tuve que salir.

—¿Por qué?

—Pues porque tuve que cuidar a mis hermanitos.

Trato de no reaccionar. A ella no la noto realmente molesta. No es ninguna excepción en su pueblo. San Felipe Neri es uno de tantos lugares donde las hijas tienen que quedarse en casa.

—¿Cuántos hermanos son?

—Cinco.

—Son muchos…

Menea la cabeza, como diciendo que ni tantos.

—Es que mira, mi mamá se fue cuando yo era niña, chiquita, pues. Y me los encargó. Me dijo que yo los tenía que cuidar para ayudarle a mi abuelita. Ella se llama Nayelli, y a mí pues como que no me importaba andar tras ellos. Antes eran más obedientes, nomás que me canso muchísimo y, bueno, me aburro. Me muero de la aburrición. Y mi abue no puede estar yendo al campo y cocinando y recogiendo y haciéndose cargo de todos los chamacos, que no sé si te ha tocado, pero es un pinche cuento de nunca acabar. No te puedo decir cómo me desesperan, a veces nomás quiere una desaparecer. Pero bueno, yo la ayudo a mi abue. Hago de todo. Sé cocinar, limpiar, todo. Pero siempre que veo los libros de la escuela de mis hermanos, me gustan los dibujos y las letras. Quisiera yo entender qué dicen.

—¿Y no te enseñan?

—Sí, a veces me explican cosas, palabras y así. Yo le digo a Jesús, el que me sigue a mí, qué dice ahí y me dice. Pero se me olvida. Luego me dicen que soy una burra porque no los puedo ayudar a hacer sus tareas.

—¿Y te gustaba la escuela?

—Lo que se dice gustarme, de veras gustarme, no tanto —habla mirándose las manos, que juegan con un lápiz—. Pero sí me gustaba saber cosas. Además, es que está bien lejos, hay que caminar un chorro y eso me daba flojera. Me gustaba el recreo —tuerce la boca en una sonrisa tímida.

—A mí también. Yo además era una pésima estudiante.

—Ay, ¿a poco? ¿Y entonces cómo ahora eres maestra? ¿Qué tal que me enseñas todo mal?

—Pero sí aprendí mucho. Después, cuando estudié lo que me gustaba, me fue mejor. Lo que pasa es que nunca me adapté bien a las clases.

—¿Pero sí acabaste?

—Sí.

—Ah, bueno. Por lo menos, ¿no?

Le pido que escriba su nombre. La *s*, aunque desenvuelta, está inconexa con el resto de las letras, como si no se conocieran. Las *íes* no llevan punto. La *a* es una *o* recargada en una pared distante. No sabe aún cómo la melodía de *Silvia* se distribuye entre las letras de la palabra. Repite la escritura de su nombre un par de veces más. Para ver qué letras compartimos, yo escribo el mío a su lado.

Gugleamos el significado de nuestros nombres. Los resultados inmediatos son de sitios para madres y padres que buscan nombres de bebé, pero no se lo digo. Ni ella se siente representada con Diosa de la naturaleza, ni yo con La que viene con la alegría. No nos interesa asumir semejantes responsabilidades. Así que nos dejamos de tarea inventarnos otros significados.

—¿Por qué me pusieron Julia?

—Te puse.

—Bueno, ¿por qué?

—Porque significa Noble vigilante.

—Lo busqué y dice que significa La que viene de la alegría, que no me gusta nada.

—¿Quién dice?

—El internet.

Celeste.

Observo la resonancia de su nombre en la hoja. Su fantasma habita la página. Sé que está ahí, pero no puedo verla.

Celeste significa que pertenece al Cielo. Mi madre me cuenta que, en el funeral de mi hermana, mis tías, tíos, amigos, las mamás de mis compañeros de la escuela me repitieron una y otra vez un consuelo vacío: Celeste había llegado a su verdadero hogar. Pero quién se creía ese señor Jesucristo para llevarse a mi hermana a su casa. Yo estaba indignada, quizá pensaba en Dios como pensaba en mi padre: un traidor. Pero no tengo memoria de ese sentimiento. No hay restos en mi piel, en mi pecho, de ese encabronamiento que mi madre sí puede describir con la precisión de una escena infinita e inmutable. Al principio creí que había que pelear contra él. Cómo se atrevía a separarnos.

El internet dice que Celeste significa La perteneciente a los dioses, la inmortal, la altiva, la sobrehumana. Solo muerta es su mejor versión. Ascendió. En vida, su enfermedad la desordenaba. Los gritos de su cuerpo entorpecían la existencia de los otros. El mundo no tolera mujeres caóticas, pero a nosotras no nos importaba.

Con cada palabra la desentierro y la entierro al mismo tiempo.

Silvia aprieta el lápiz con el puño, como si fuera un cuchillo para conquistar la hoja.

—Suelta la mano —le muestro y ella me imita: extiende su brazo y voltea la palma de la mano derecha hacia abajo, colgando los dedos. Las sacudimos. En un segundo movimiento giramos la muñeca hacia dentro—. Esa es la posición natural de la mano para escribir. Y mira: cabe el lápiz —lo cuelo entre sus dedos índice, medio y pulgar.

Para soltar la mano, cada una dibuja cualquier cosa. Ella observa mi mano deslizarse sin propósito por el blanco de la hoja, dejando un rastro de medios círculos que penosamente forman una planta. Al ver que no me importa dibujar mal se anima a delinear un rostro. La búsqueda de su mano encorva su espalda. Las manos sobre la mesa de Silvia me recuerdan a las manos sobre la mesa de Celeste. El cuello caído, el pecho inclinado. Encerrándose para supervisar el trazo a veces tan clavado que dejaba una hendidura sobre la madera. La mano agarrotada de mi hermana apretaba el lápiz para gobernar su pulso agitado. Un día, imposible de precisar, la mano derecha de Celeste se quedó en perpetuo movimiento. Un cortocircuito dejó una intermitencia entre su cerebro y su muñeca: la amenaza de que algo empeoraba. Después empezó a costarle enfocar la mirada y se tallaba maniáticamente los párpados. Se acercaba y alejaba los objetos con esos dedos pequeñitos que no la obedecían. Mi madre compró un rollo de papel de estraza más alto y ancho que nosotras para cubrir una y otra vez la mesa del comedor. Ahí las manos y los ojos de Celeste trabajarían juntos. Practicaría los números y sus letras de molde con plumones y crayolas, pinturas de mano, pegamento y lentejuelas que guardábamos en cajas recicladas de galletas. Contrastábamos las formas de las letras como si más que letras fueran plagios de lo que uno se encuentra en la vida real, como la *m* montañosa de *montaña*. Hacíamos letreros e ilustraciones que, según el veredicto de mi madre, podrían colgarse en el refrigerador o en el pasillo. Pienso en llevarme el dibujo de Silvia para colgarlo en las paredes de mi azotea. Pero, de un momento a otro, Silvia raya la silueta de un rostro que creo que era ella y en otra hoja empieza a dibujar un animal con un lápiz que empuña como si quisiera romperlo.

—El movimiento debe empezar en el brazo, no en la mano. Trata de que el lápiz apenas toque la hoja.

Ella me mira con cara de por qué me interrumpes y vuelve callada a concentrarse en su toro flaco y patituerto. Me alojo en su silencio mientras trato de copiar un helecho del jardín. Escuchamos el rumor del carbón sobre el papel. Nuestros suspiros conversan. Yo le pongo una maceta a mi planta y ella un campo a su animal. Se aparta de la hoja para mirarla de lejos y me cuenta que cuando hay una gran fiesta en su pueblo matan un toro.

—¿Se lo van a comer? —pregunto.

—¿A este? —ríe—. No, a este no.

—¿A qué sabe el toro?

—Pues como a vaca —responde como si fuera obvio—. ¿Qué, nunca lo has comido?

Cuando niego con la cabeza, sin dejar de decorar mi maceta con algo parecido a un patrón de mosaicos, ella exclama Ay, Julia. Una burla más bien tierna que nos acerca.

—Pues te vamos a invitar a la próxima fiesta.

—Órale. ¿Cuándo es?

—Pues, ahorita sería la de… ¿A qué estamos? Ya ni sé.

Tengo que ver mi celular porque yo tampoco lo tengo claro. Es miércoles 9 de septiembre.

—Ah, ¿de veras? Pues sería la de San Gregorio. Ahí sí se matan toros y hay baile y toda la cosa. Pero pues yo no voy a haber regresado. Primero tengo que regresar.

—¿Después del parto?

—Yo creo sí, cuando me alivie. Nomás que ya no se me note, porque dicen que queda una muy barrigona. Bueno, cuando me corran de aquí, pues.

—¿Te echan de aquí?

—Pues es que aquí es solo para cuando estás embarazada.

Le pregunto qué pasa después. Quiero saber por qué y cómo te dejan ir así nada más. ¿Hay cierto seguimiento? ¿Cómo van a asegurarse de que Silvia va a estar bien? ¿A dónde van las recién paridas que no vuelven a casa de su familia o con su pareja? ¿Por qué puerta regresan al mundo de allá afuera?

—¿Cuándo es tu fecha de parto?

—Mi fecha de parto es el 16 de diciembre —responde como si fuera la quinta vez que le preguntan en el día, mientras dibuja y encorva cada vez más la espalda. Termina con la cara casi pegada a la hoja. Ajustamos la posición que parte desde el hombro hacia el codo, hasta la muñeca. Le pongo el ejemplo: me enderezo, giro los hombros hacia atrás y alargo el cuello. Remato levantando las cejas.

—Ay, ay, ay —se burla de mí.

Sin Celeste fue difícil acostumbrarse al silencio que se desplomó dentro de nosotras. Enmudecimos. Así notamos, como un triste hallazgo, que la voz expande a la persona y habita la densidad de los espacios. La ausencia de su voz, ese canto agudo, fue un vacío que vivimos como una incisión en nuestras vidas. Ese gimoteo tan familiar que antes odiamos y después extrañamos. Sus preguntas geniales, sus gritos puntiagudos, su risa melódica. ¿Dónde nos prestarían a una niña de cinco años cuyos reclamos de atención viajaran a través del pasillo? No aguantamos ese no tenerla, ese no escucharla. Y por un tiempo nos aferramos como drogadictas a un par de viejas grabaciones para revivirla.

Visito a una mujer, más bruja que terapeuta, que a veces me escucha revisar mi vida desde un diván mientras espulga con sus manos mis malas energías, interpreta con una matemática mística el significado de mis números en un pizarrón o me lee el tarot. En esta sesión me entrega una pluma y una servilleta:

—A ver, fírmale.

Firmo con el garabato austero pero estético que inventé ahí mismo en la ventanilla cuando saqué por primera vez mi credencial de elector.

—Uy, no, mamacita. La *j* tiene que ser, para empezar, mayúscula. Más acá. Más importante —levanta las palmas de las manos para hacer una reverencia en el aire—. Y la *r* inicial de tu apellido también tiene que protagonizar. Debe ser como un listón que ondea y bastante más grande, para atraer dinero.

Sus predicciones, en general, me entretienen: ¿a quién no le sirve un poco de falsas ilusiones? Pero mi disposición para engañarme tiene sus límites y lo de creer que cambiando mi firma cambiaré mi vida es ya un exceso de ingenuidad, sin embargo, no me fío de mí y elijo el camino de la pluma. Me siento frente a ella para dibujar una *J* mayúscula y rimbombante, como enmascarándome. Una *J* corpulenta y coqueta que exceda por arriba y por abajo los márgenes. Y una *R* en dos trazos: un bastón encopetado con un *2* colgándole como un tentáculo.

—¿Mejor?

—Practícale…

Siempre tengo que reescribirme.

Silvia decide que su nombre significa Diosa de la libertad y no De la naturaleza. Yo había olvidado esa tarea, pero elijo en este momento que mi nombre significa La que viene con la pregunta, en lugar de La que viene con la alegría, porque más que variaciones de felicidad siento mutaciones de una misma incertidumbre, y soy tan buena en no tener respuestas que me enfrento a la vida con signos de interrogación.

De *Silvia* sacamos primero *si* y después *sal* y *salsa*. Pero necesitamos una palabra generadora de dos sílabas sencillas y como por ahora ella habita el albergue, me parece atractivo empezar por *casa*. Hablamos de que hay muchas, pero solo una palabra para todas. También de la diferencia entre *casa* y *hogar*, que nos parece más bien emocional. Busco imágenes en mi teléfono para conversar a partir de una en concreto. Los resultados de la búsqueda muestran construcciones amplias de suburbio gringo, con jardines, chimeneas y pórticos de madera. Así que sugiero que cada una muestre la suya.

—Pero si ya viste que yo no sé dibujar.

—Yo tampoco.

Silvia traza una casa de ladrillos asimétricos con un techo ondulado de tejas, sobre una calle que da a una plaza centrada por lo que parece ser un kiosco. Ahí se ve con sus amigas. Hace un garabato para dibujar la banca donde se juntan a escuchar música. Me muestra otra banca en la esquina, fuera de una tiendita, donde los muchachos se sientan. Me habla de su pueblo, ahí nacieron su madre, sus tíos y sus abuelos. Me muestra el molino y me cuenta que cultivan sobre todo maíz azul. Con un arbolito tipo pino señaliza el bosque, que se alza al otro lado de las canchas de futbol junto a la carretera que atraviesa San Felipe Neri. Va de Xochimilco, donde algunas de las curanderas venden hierbas medicinales, a Oaxtepec.

Más tarde leo que de SanFe, como ella lo llama, han migrado muchos padres a Estados Unidos y las madres se han quedado criando a los hijos. Hay una escuela primaria encajada en la montaña y una biblioteca cerrada. No hay secundaria ni centro de salud.

—Tú ¿cuál dirías que es tu hogar? —me tomo la libertad de poner un sol infantil en la esquina de su hoja.

—Pues, digamos que me está gustando tener dos casas. O dos hogares, pon tú.

Yo delineo el edificio en el que pienso cuando pienso en casa, donde vivíamos con Celeste. Un cubo de varios niveles, cada uno con cuatro ventanas. Sobre la puerta escribo *Edificio Olga*, en un malogrado art decó. En mi piso, el tercero, tres personajes de alambre.

—Mira, este es el departamento donde crecí. Ella es mi mamá, que ya conoces, y ella —me siento valiente de mencionarla— es Celeste, mi hermana.

—¿A poco tienes una hermana? Ni sabíamos que Cata tenía una hija, menos dos.

—Fíjate…

—¿Y ella también es maestra?

—No, ella… —fantaseo con qué estaría haciendo—, ella está en la preparatoria. Le gusta el agua, siempre pregunta dónde se puede nadar.

—Ah… Ya nomás me falta ella para conocerlas a todas. Un día tráetela.

Asiento con la cabeza mientras completo mi dibujo.

—¿Esa es su casa donde viven?

—La verdad es que ahorita no tengo casa. Estoy de gorrona en la azotea de mi mamá.

—Pues vente, aquí ahorita sobran camas. Solo te tienes que embarazar —me sonríe.

Pongo su hoja sobre la mía. Apura unas líneas enrevesadas donde irían algunas flores en el campo.

—Qué bonito.

—Ya, eh. No te burles.

—Lo digo en serio. En mi dibujo no hay ni una flor. Ahí es más bonito.

—¿Se te hace? La que es bonita es esta casa, digo yo.

Paseamos la mirada por las lámparas de bola que cuelgan de cadenas doradas, las cornisas que enmarcan el techo y bajan hasta el suelo por las esquinas. Recorremos las paredes blancas, como recién pintadas. Sin grietas por los temblores, sin manchas de humedad. Los óleos, más bien tenebrosos que representan escenas bíblicas, comparten espacio con los posters kitsch que dicen *Dios te puso aquí*. La sala de plastipiel beige, el piso frío de madera cerámica.

—Bueno, bonita… lo que se dice bonita, no me lo parece, la verdad. Lo que pasa es que es muy grande. Apantalla cuando entras por primera vez.

Trato de que olvidemos por un rato la mansión donde ambas estamos sin haberlo planeado y le pregunto quién vive en su dibujo.

—Mi abuelita Eulalia y mis hermanos Jesús, Francisco, Alhelí y Rosi.

—Yo también soy la grande. ¿Cuántos años tienes?

—No sé.

No estoy segura de qué decir.

—Como tú, se me hace.

—No —alargo el sonido de la *o*—. Yo creo que tienes muchos menos —no sé por qué me da por hacerme la grande. Pienso que quizá tiene la edad que tendría mi hermana.

Los años, de pronto, me parecen más bien una estorbosa categoría social. ¿Quiénes seríamos sin edades, cómo viviríamos sin ese orden? ¿Cómo es para ella no saber su edad? ¿Le hace falta esa guía? ¿Será que sí sabe y prefiere no decírmelo?

Escribo *casa* en minúsculas, debajo de la línea de tierra que sostiene los ladrillos de la suya. La pronunciamos en cámara lenta, marcando el ritmo con movimientos del cuerpo. Bailamos la división silábica. Yo la acompaño subrayando la palabra con el dedo índice. Silvia termina por separar *ca* y *sa*. Repetimos varias veces. Luego desmembramos la palabra a una cadencia espasmódica, hasta que el sonido de cada letra se diluye en el silencio: *kkk… aaa… sss… aaa…*

—Ves, ¡cada letra suena!

Silvia hace una pausa para reposar por un instante su mano en mi hombro, no sé si enternecida o de vergüenza ajena por mi entusiasmo injustificado. Es la primera vez que me toca y me emociona que tenga la confianza. Después, procede a contemplar la palabra con la mirada filosa, las manos entrelazadas detrás de su cabeza, como desentrañándola.

—A ver, ahora yo, sin que me ayudes.

—Mira —le paso una libreta roja y reciclada, que también rescaté de mi azotea.

En la primera página, hasta arriba, dibuja con letras convulsas.

—¿A qué otra palabra se parece *casa*?

—¿*Cosa*?

Empezamos de nuevo: ¿qué es una cosa? Señalamos su libreta casi nueva, los lápices para estrenar que nos han dado las monjas, los vasos con agua de jamaica, la mesa de vidrio en la que trabajamos, la Virgen de Guadalupe tallada en madera en el nicho del pasillo, los tulipanes de plástico, el tapete a la entrada del jardín, sus sandalias, sus pants grises. Se levanta la playera de La quebrada de Acapulco y señala al interior de su panza abultada. Una tímida sombra vertical la atraviesa.

—¿Es una *cosa*?

—Sí, pues, ¿o no? ¿O qué es una cosa?

Escribo la palabra en otra hoja de papel. La deshacemos juntas.

—¿Cómo sería *caso*?

Se lo piensa y después de un rato la escribe solita, pero aplaudimos las dos.

Es jueves por la tarde y estoy en la sala del departamento de mi madre. Llevo un rato leyendo acostada sobre el sofá de terciopelo azul, cuando escucho el ruido fragmentado de la cerradura al abrirse. Ese sonido que otros describen como un momento trascendental del matrimonio, para mí es el inicio de una coreografía sonora de mi adolescencia: el rechinar de la bisagra precedido por el ruido de un par de llaveros metálicos que anunciaban que el mundo por fin me la devolvía. Adentro, mi madre se quitaba con los talones los zapatos en la puerta, colgaba su gabardina color camello en el perchero, se sacaba los anillos que tintineaban en la cerámica de un plato sobre la consola y finalmente soltaba un jadeo seguido de un hola débil, como quien por fin llega a la orilla de un río agitado.

—¿Estás aquí?

Doblo las piernas para que se siente al otro extremo del sillón. Le digo a mi madre que le tengo una sorpresa y le cuento que con Lucía nos encontramos a una antigua amiga llamada Macarena en Miguel Ángel de Quevedo.

—¿Qué hacían por allá?

—Fui a una terapia, pero no te voy a contar porque vas a decir que es charlatanería.

—Probablemente.

Macarena me reclamó que no le hubiera avisado que volví a México y enseguida me preguntó, como todo el mundo, por qué regresé. La gente no quiere escuchar que me cansé de encariñarme con personas que siempre se iban, que la soledad es vivible aquí pero no allá. Terminamos, Macarena, Lucía y yo, en una cantina godín cerca de su oficina.

Me pregunta si Macarena es soltera, a qué se dedica. A mi madre le hubiera encantado que me consiguiera un trabajo. Me dio, eso sí, el número telefónico de su exnovio, productor en un estudio de grabación. Prometió avisarle que yo lo buscaría, pero cuando el tipo me contestó el teléfono no tenía idea de quién llamaba. Igual me orientó por los trámites de los demos, las agencias y los castings de voz.

—Qué paz —mi madre levanta las manos al cielo y las agita.

Le explico que no puede emocionarse. Son solo procesos de selección y necesito mucha suerte. Mi madre niega con la cabeza. Por qué elijo profesiones tan inciertas. Por qué no evito la inestabilidad, en general. Ella también es sagitario y tiene una estabilidad de piedra. ¿Cuándo terminaré de madurar? Resopla de cansancio, de la vida, de mí.

De las profundidades de su bolsa de piel extrae una cartera, un tarjetero, sobres de correspondencia, un libro con una mujer en burka sobre la portada: *Yo seré la última. Historia de mi cautiverio y mi lucha contra el Estado Islámico*. Le encantan los bestsellers de mujeres sobrevivientes. El mes pasado me prestó un ejemplar con diferentes subrayados de *El consentimiento*, de Vanessa Springora, que va circulando entre sus amigas y primas. Saca también un pastillero que levanta hacia su oreja y cascabelea. Sonríe ante el repiqueteo de las pastillas contra el metal reconociendo, ahora ella, un sonido amigo:

—Todavía me quedan.

Avienta el pastillero sobre la mesa ratona y se desparrama en el sofá con un gemido, como si le doliera relajarse. Al cabo de unos segundos se incorpora de un brinco y de entre las páginas del libro saca un montón de papeles. Toma uno que va a entregarme, pero su mano se arrepiente en el camino y me pregunta cómo me va con Silvia. Le digo que nos caemos bien y que quiero de veras conocerla.

—Ten mucho cuidado —me ruega.

Me entrega, entonces, un recorte de periódico con el titular sobre un buzón para depositar bebés recién nacidos en Indiana. La foto muestra una pequeña puerta de metal empotrada en la pared de ladrillos de una comisaría, bajo el letrero *Safe Haven Baby Box Drop Off (1-866-999-BABY)*. De acuerdo con la noticia, cuando una madre, padre, hermana o el responsable de un bebé lo deposita en el buzón, un buzón acolchado, se dispara de inmediato una alarma que da la instrucción a un servicio de emergencia para que lo recoja en menos de cinco minutos.

—La que fundó el albergue, por ejemplo, fue abandonada de chiquitita, no de recién nacida —levanta el dedo índice—, y pues imagínate. La adoptaron y de adulta se ha dedicado a que una mujer pueda abandonar a su bebé de manera segura. O sea, que si vas a abandonar, abandones bien.

—Pero un buzón es muy frío.

Mi madre estira las piernas, entrelaza las manos sobre su pecho y revisa su departamento de la puerta a la cocina. Ancla su mirada en la ventana que da al tendedero del edificio de enfrente y a una antena retrofuturista de los sesenta. Suspira lento y profundo, mientras yo termino de leer la noticia.

Le cuento que Jeanette Winterson dice en su autobiografía que ser adoptado es como leer un libro al que le faltan las primeras páginas o como llegar tarde a una obra de teatro. Con una ceja arqueada, gesto que acentúa su tono de qué poco sabes de la vida, me contesta:

—Por lo menos hay obra de teatro.

No sé qué responder. Yo miro hacia el lado oscuro.

Me pregunto por la herida que deja la renuncia de la madre en ambos, si la herida cicatriza y cómo se vive con esa grieta. Pienso en Silvia, aunque tiene experiencia con el abandono, me preocupa cómo va a cargar con ese adiós.

—No todo el mundo hace de su origen un grillete.

Enumera con los dedos de la mano a todas las personas adoptadas en su familia, a los hijos de su amiga Conchita, y de otros amigos suyos que son desconocidos míos.

—Puedes ser un niño de buzón, o algo parecido, muy, muy querido por tus padres adoptivos. Eso, claro, si sí de veras hay padres adoptivos y no la calle.

Le digo que me parece, por tratarse de un buzón, algo de pronto fácil. Mi comentario la fastidia.

—No, por favor, qué dices. Qué va a ser fácil. El buzón te facilita la entrega, pero no es una decisión fácil —escupe, casi vomita, la palabra—. Se nota que no eres madre.

No es grosera, pero me lo tomo como una ofensa.

—¿Por qué?

—Pues, porque está clarísimo que renunciar a un hijo es una decisión dificilísima —levanta la voz—, dolorosísima —grita—. Bueno, casi siempre. Casi siempre soltarlo es un acto de amor.

Jeanette Winterson fue adoptada por una fanática religiosa realmente trastocada que la hizo sentir una porquería de ser humano. Winterson buscó durante años y años a su madre biológica, y cuando por fin la encontró apenas pudo vincularse con ella. El objeto de su eterno deseo no era la pieza faltante de su rompecabezas. Y se preguntó por qué la pérdida es la medida del amor. No olvido esa pregunta. La llevo a otros modelos, otros destinos del desarraigo. Yo no tengo ese vacío específico, pero la muerte de Celeste desarticuló quién soy y desde entonces me identifico con una forma más amplia y más ambigua de la no pertenencia. Y aunque no se compare, aunque no me corresponda, me pregunto por la ruptura entre Silvia y su bebé.

—¿Solo las madres pueden hablar de abandonar hijos?

—No es lo mismo dar en adopción que abandonar.

—Pero ¿no es también un tema social o cultural? Porque no sé si Silvia querría darlo si tuviera dinero. O si pudiera estudiar además de cuidar a sus hermanos. O si tuviera ayuda.

—Aunque la tuviera.

Mi madre se levanta con un quejido. Se busca en el espejo que cuelga de la pared sobre el respaldo del sofá, exagera un par de muecas en su reflejo y se voltea para caminar hacia la pared de atrás donde limpia con la manga una pareja de falsos grabados de Vicente Rojo.

La idea del buzón no es nueva, me cuenta. En muchos hospitales o iglesias, desde hace siglos, hay barriles o cajas donde la gente deja a los bebés que no puede criar. Siempre ha habido y probablemente siempre habrá madres o padres que tienen bebés con los que no podrán o a los que no querrán.

Mi madre también me cuenta de la cantidad de niños solos en los tiempos de pobreza extrema. En la Europa medieval había tantos niños abandonados por familias que no veían la posibilidad de alimentarlos, que los hombres que iban a burdeles fácilmente podían cogerse a su hija o a su hermana abandonada siendo niña.

—No hagas del buzón un símbolo de la condena. Piensa en lo que el buzón revela… —toma distancia de sus cuadros para revisar que estén bien derechitos. Da vuelta girando sobre sus talones, se aleja hacia la cocina.

A veces creo que mi madre pensó en secreto en adoptar a un bebé años después de que Celeste falleció.

—¿Cómo llegaste al albergue, ma?

—Ahí dice que van así —chasquea los dedos— por ellos al buzón. No está mal si no quieres que nadie te vea.

—¿Cómo llegaste al albergue, ma?

—Espérame. Si lo que te detiene, pon tú, es la cara que te va a poner la persona de la recepción donde lo entregues.

¿Por qué no me contesta?

—¿Y si se arrepienten?

—Pues para esto estamos con ellas, para ayudarlas a que tomen su propia decisión correcta.

—Yo no, ¿cierto?

—No —abre la puerta del refrigerador y mete la cabeza—. Tú no, imagínate.

Para armar palabras improvisamos un rompecabezas medio chafa con el reverso de una caja de cereal. Estoy pensando en los buzones. Suena la voz de mi madre en mi cabeza: No tienes ni idea de lo que significa colocar ahí a tu bebé. Antes de llegar a la clase he leído que un comité que defiende los derechos de los niños en Naciones Unidas no los aprueba porque cualquiera puede robarse a un bebé y depositarlo ahí. Y porque la entrega anónima le impide al bebé averiguar su origen. ¿A Silvia le preocupa que su hijo la busque?

Estamos recortando sílabas de cartón cuando pasan a nuestro lado unas chicas en pants, vestidos holgados, leggins, prendas flexibles para el cuerpo doble, pero particularmente enguapadas.

—¿A dónde van tan arregladas?

En mi paso por el albergue veo a las chicas embarazadas barriendo, cocinando, lavando los trastes o haciendo alguna que otra tarea, según la envergadura de su panza. Se las ve en la sala hojeando una antigua *Quién* o *TVNotas*. Tal vez uno de esos libros amarillentos, casi todos de autoayuda y algunos manuales sobre crianza, probablemente donados, que viven en un librero que no es más que una repisa casi vacía. ¿Están contentas? ¿Están aburridas? ¿Están sometidas? ¿A quién le conviene que estén ahí, encerradas? Se las ve hojear la Biblia. De la Biblia hay ejemplares hasta en cómic. Las chicas dan vueltas solas, en pares o en tríos por la circunferencia del jardín. Y, con frecuencia, aquella que camina más cerca de las orillas levanta la mano derecha para tocar a su paso las buganvilias que trepan por los muros. A veces se sientan en la mesa de hierro blanco a tomar clases al aire libre de alguna manualidad. Bordan, tejen, confeccionan, bajo vigilancia, mientras esperan. Me cuenta Silvia que se enseñan a cortar el cabello. No están locas, no es este un manicomio de lujo, aunque por como está organizado a ratos lo pareciera, pero, además de quitarles los teléfonos celulares para evitar la tentación de llamar a su agresor, tal vez un familiar, tal vez su esposo, les prohíben objetos puntiagudos como las agujas o las tijeras. Así que alguna monja las supervisa como si de pronto una fuera a arremeter contra las demás, mientras la que tiene mayor experiencia les muestra cómo degrafilar y las demás practican en el cabello de su compañera. Se enseñan a maquillarse como las celebridades. Son trabajos no tan mal pagados y no tan difíciles de conseguir cuando salgan de aquí, les dicen. Se peinan las unas a las otras. El fleco redondo, la trenza francesa, el alaciado perfecto. Si llueve, he visto que les prenden la tele. Y así por nueve meses. Van de sus camas al baño a la cocina al comedor al jardín a la sala a la cocina al baño al jardín a la sala, sin saber qué hora es, sin saber qué día es, a veces escuchando el radio, a veces cantando, a veces en un silencio monástico.

Armamos *caca*, *coco*, *cazo*, *cara*, *caro*. Continuamos con *Cata*, como mi madre.

—Cuando vea a tu mamá le voy a presumir que ya sé escribir su nombre. ¿Cómo sería *Catita*?

Respondo, celosa por el diminutivo, que partiéndola en dos y agregando una sílaba.

Nos lleva un rato llegar a *carta* y Silvia tiene prisa. Hago, entonces, trampa en la pedagogía freiriana y apuro el camino. Competimos por quién puede alargar por más tiempo el sonido, que taladra, de la *r*. Jugamos una variación no escrita de Basta: nombre, apellido, cosa, animal, ciudad y país que empiece con *r*. Abro en mi teléfono un mapa virtual para ubicar a Rusia y Rumania. La geografía nos recuerda que hemos olvidado la República Mexicana.

—Ay, pero nadie le dice así —Silvia rueda los ojos.

Silvia escribe sobre una hoja suelta las sílabas que ya conoce. Consulta de vez en cuando su colección de palabras escritas en su libreta roja.

—Mira, te presento la *r* y la *t*.

—Hola, hola. ¿Cómo están?

Primero, ya amortiguamos el proceso, cantamos la palabra con descaro: *carrrr-ta*. Silvia grita como buscando la palabra oculta en la sala o el jardín. Después la pronunciamos al ritmo lento de la primera escritura.

—¿Como cuánto crees que me tarde en escribir una carta? —aclara la voz y señala su nueva palabra.

—Pues nos falta, la verdad.

—Es que tiene que ser antes de que nazca. Ni modo que luego.

Me sincero: no vamos a aprender a escribir toda una carta antes de que dé a luz. No quiero desanimarla y hago una pequeña apología de los procesos. Siempre estamos esperando los resultados y no celebramos el camino, a veces largo, lento y errático, que nos toma llegar al destino.

—Pero yo tengo el tiempo contado —truena los dedos.

Le propongo, mejor, vernos más veces a la semana para avanzar más rápido. Y le ofrezco escribirle la carta:

—O sea, tú me la dictas.

—¿Yo qué?

—Tú me dices qué quieres que diga la carta, palabra por palabra, y yo escribo las que todavía no conoces. Y tú la entregas o la mandas o la guardas.

—No, pues yo creo que sería mucha molestia.

Tiene que pensarlo. La quiere escribir ella, claro. Todavía, además, no sabe cuál es el mensaje. Podríamos ir anotando algunas ideas para que no se le olviden. Le digo que a mí eso de ir registrando lo que siento o lo que pienso no se me da mal, aunque luego no sé para qué lo quiero. Aprovecho para preguntarle si querrá estudiar fuera del albergue, con ganas de que sigamos haciéndolo juntas. Me doy cuenta, por primera vez, de que quizá no seré yo quien la acompañe en lo siguiente.

—Sí, cómo no.

—Para que escribas más cartas. O lo que tú quieras, claro. A mí me gustaba mucho escribir cartas.

—¿A quién? —Silvia se echa para atrás y se cruza de brazos, intrigada. Me gusta ser a ratos el objeto de su curiosidad.

Mi madre nos acostumbró a escribirle a Tita. Decía, por economía de las explicaciones, que mi abuela estaba en el cielo, pero tenía un buzón en la tierra y la conveniencia de poderle dejar las cartas en el panteón nos facilitó el ritual de escribirle en su cumpleaños, en su aniversario luctuoso. Le escribíamos para esquivar el descarnado para siempre de la muerte. Si todavía puedes comunicarte con alguien en el más allá, la muerte es una frontera más débil, como si la vida en vez de terminarse se escondiera. Cuando lo hago de niña con mi abuela es tierno. Cuando lo hago más grande con mi hermana es un desvío voluntario a la locura.

Le cuento a Silvia que para mí las cartas son un ritual para organizar lo no dicho y para hablar con los fantasmas. Una esquina para reconocer las tristezas, articular los reclamos, y también relatar sin vergüenza las impresiones personales de los acontecimientos cotidianos. En las cartas elabora cada quien a su manera el duelo. El duelo es una batalla y una combate como puede.

Después de que mi padre se fue, mi madre nos sugirió a Celeste y a mí que nos despidiéramos de él con una carta. Yo estaba enojada con él por habernos mentido. Me tomó tiempo darle la forma monstruosa que merecía ese sentimiento. Un sentimiento mutante que nació de la admiración, del puro amor ahora invertido hasta su opuesto. Pero tuve que aprender a enojarme. Una terapeuta me dijo una vez que la tristeza es menos útil que el coraje y me ayudó a detestar a mi padre. Un logro antiedípico, dijo. Pero tampoco supe, quizá porque no tenía las instrucciones, qué hacer con ese amor que odia.

Silvia me escucha atenta, quiere saber más. Si hago pausas para recordarle que deberíamos retomar las palabras de la clase, se resiste. Me pide que continúe y yo, aun sabiendo que tiene poco tiempo, me dejo ir.

—Yo tampoco tengo papá —las chocamos—. Ni lo conocí. Una vez Alhelí preguntó por él, pues porque veía que otros niños sí tenían a sus papás, y como esos papás se iban a ser norteños había mucha despedida y mucho argüende. Que el papá esto, que el papá lo otro. Que se va uno, que regresa otro. Y una vez estaba pregunte y pregunte, y pues le dije que nuestro papá era el señor de los billetes de veinte pesos.

—¿Y te creyó?

—Sí —suelta una carcajada—, qué mensa.

—¿Benito Juárez?

—¿Qué?

—Es el señor de los billetes de veinte pesos.

—Ah, sí. Ni modo de decirle la verdad, si la verdad es muy aburrida.

—¿Te ha hecho falta?

—¿Mi papá? No. Mejor así, mira tú cómo le sufriste. Parece tu exnovio.

Me pregunta a dónde, con quién se fue mi padre. Me alzo de hombros. Le digo que igual nos las arreglamos. Tal vez porque los padres pueden irse pero las madres no. Silvia me corrige:

—Las madres también.

De joven, mi madre trabajó para ahorrar y huir de casa de sus padres. Y décadas después trabajó también sin descanso para no estar en nuestra casa. Todavía me pregunto en voz baja si se iba porque yo le recordaba a Celeste. ¿Yo era la piedra en el zapato que le impedía continuar con su vida? No era mi intención hacerle perder el tiempo con mi propia nostalgia.

En esa nueva rutina sin mi hermana, mi madre se despertaba con un escudo para defenderse de la maternidad. De los restos de la maternidad que le quedaban.

El olvido motivado, mi tía me lo explicó con términos freudianos. Su tristeza no tenía más remedio que atiborrar las horas de ocupaciones, desequilibrar su vida hacia fuera de la casa para poder levantarse de la cama en lugar de acostarse a recordar. Trabajaba tantas horas que parecía que intentaba borrar hasta los buenos recuerdos.

Nunca he sabido si interpretar su estrategia de supervivencia como un ejemplo o como una advertencia.

Quiero escribir sobre las auras de Celeste. Sobre esa brisa interna que le aligeraba el cuerpo antes de convulsionar. Aquella premonición era como su propia alerta sísmica. Una mínima negociación con el enemigo, que no era sino el cuerpo mismo.

No siento permiso para describir los presagios de la caída, porque no era yo a quien una sabiduría de los músculos, los huesos, los nervios le anunciaba que perdería el control.

De las últimas cosas que hice en Nueva York fue publicar un libro de cuentos en una pequeña editorial independiente. El puñado de ejemplares se quedó viviendo en la orilla de una estantería de una cafetería en Spanish Harlem. Alguien lo encontró. Alguien que habla español se tomó la molestia de destruirlo en una reseña que leo antes de encontrarme con mi madre en el Café Trevi. Llego volando bajo. Ella está sentada en la mesa de la esquina, junto a la ventana derecha. Está por terminarse una sopa de jitomate. No le protesto que me hiciera ir hasta el Centro Histórico de la ciudad pudiendo haber bajado las escaleras de mi azotea a su departamento. Tampoco le reclamo que, como siempre, no me espere para empezar a comer. Me siento de mala gana, sin siquiera saludarla, y le cuento.

—Ay, lo lamento. Debe de ser horrible.

—¿La reseña?

—No, babas. Lo que sientes —me extiende su mano, la abre y cierra, pero no tengo ganas de darle la mía y me cruzo de brazos.

Me desquito con ella. Ella que no tiene la culpa de que yo sea mala escritora. Soy grosera con la persona que más quiero. Se echa hacia atrás para hojear el menú.

—¿Qué quieres?

—Nada —me desplomo sobre la mesa.

—¿Por qué eres tan dura contigo misma?

Mi madre da un largo suspiro en desaprobación.

Abro la página que publica la crítica. Le amplío el tamaño del texto en la pantalla del celular. Se acerca el teléfono a la cara y lee con atención. Levanta las cejas, enchueca el gesto.

—Qué poca madre.

—¿Tiene razón?

Mi madre despacha la conversación retomando el menú:

—¿Qué quieres?

Releo la crítica, casi memorizándola: arcos narrativos débiles, tramas predecibles, personajes inverosímiles, pluma inmadura…

—Está hablando de tus cuentos. No de ti.

Entrelaza las manos como apretándose el alma, no de preocupación, sino de vergüenza ajena.

—¿Así de masoquistas son todos los escritores?

Me pide leerla otra vez: no comprende por qué estoy obsesionada con alguien que me invalida. Agrando nuevamente el texto, le acerco el teléfono.

—Está muy bien escrita, la verdad.

Me retuerzo en el asiento del taburete. ¿De lado de quién está?

—Pero olvídalo.

No puedo. Escondo mi rostro en mis manos.

—¡No! —levanta el dedo índice, levanta la voz y levanta su ceja intransigente.

Detiene en seco mis ganas de llorar.

—No —lo repite y esta vez lo pronuncia como una orden—. Ni de broma.

Confiesa que cuando daba terapia con frecuencia quería gritarles a los pacientes que no, pero tenía que guiarlos y esperar a que se dieran cuenta por sí mismos de que eran unos chilletas cualesquiera. Siempre ha detestado la autoconmiseración. Le concedo reservarme el llanto para una tragedia que valga la pena y no desperdiciarlo en problemas clasemedieros, aunque las dos sepamos que igual me joden. Me dice que el libro es bueno y que tengo mucho que aprender. Le pregunto si de corazón cree que es bueno. Dice que sí, que lo es. Pero sé que miente por la fuerza, sobrada de certeza, con la que junta las cejas, y yo estoy hambrienta de su rechazo.

—Es raro —se esconde detrás del menú.

—¡¿Es raro?! —todos los otros comensales voltean a ver por qué grité.

—Sí. Pero ¿y qué?

—¿Raro bien o raro mal? —le empuño la mirada.

—Julia —mi madre suelta el menú y se lleva una mano al pecho—, ya estás muy grande para ser tan insegura.

Mi madre cree más bien en el desapego. Su teoría de la relatividad de las emociones se aplica a casi todos los problemas. Algunos sentimientos estorban, son un lujo para el ocioso, un concepto burgués.

—Trabaja —me dice, con una ligera palmada sobre la mesa.

Para ella, el conflicto verdadero no es que mi libro sea bueno, raro, malo o impublicable, sino que a mí me descomponga la crítica destructiva. Su apuesta por cultivar el valemadrismo debería liberarme.

—No se puede escribir para triunfar, mi reina.

Llama a la mesera y pide un club sándwich para cada una y dos aguas minerales. La mesera lo anota, toma el plato vacío de sopa y se retira caminando en reversa. Lleva un sombrero de papel como de enfermera de la Primera Guerra Mundial y una minifalda blanca bajo el delantal rojo con el logo bordado de la cafetería.

—Aunque lo que tú necesitas es un té de tila —murmura mientras observamos a la mesera reunirse con sus compañeras, sus zapatos plásticos y antiderrapantes, combinados con esas medias incómodas que les cortan la cintura y que detrás del mostrador tienen que subirse y reajustarse.

—Cuántas mujeres uniformadas, ¿no?

—¿Qué otras?

—Las monjas del albergue, por ejemplo.

—Ah…

—Tú y yo también, de otras maneras…

—Quiero que sepan que estoy en contra de lo que hacen.

—Puedes decírselo. A ellas no les importa.

Son más o menos las cuatro de la tarde. La humedad del verano se cuela en septiembre y la Alameda, al otro lado del cristal, se expande. Me da la impresión de que los demás caminan sin titubeos por sus planes de vida. Vemos personas que van o vienen del metro Hidalgo. Vemos parejas que se meten y sacan la lengua, las manos, envidiablemente despreocupados del público. Hombres de traje con la corbata aflojada se arriman sobre las que cualquiera con poca imaginación diríamos que son sus secretarias. Alguno que otro vagabundo afincado en una esquina con sus pertenencias amontonadas. Al fondo, niños refrescándose en las fuentes.

La mesera aparece con dos vasos de agua mineral.

—Qué interesante… —mi madre arruga la mirada y ladea la cara. Había estado mirándome y estudiándome como a quien le falta una pieza incierta del rompecabezas.

Le pregunto qué le parece tan interesante y me responde, como desesperanzada, que no entiende por qué salí tan exigente conmigo misma si ella nunca me exigió nada.

—Si lo que quieres es que te diga que sí, que eres malísima —exagera un tono de lloriqueo—, que no tienes talento, que no sirves, para justificar tu drama, olvídalo. Si tú crees que tienes que ser mejor, chíngale, mijita.

Entiendo a mi madre, pero me duele la reseña porque confirma una sospecha interna.

—Tal vez debería aceptar que no escribo.

Mi madre se gira hacia la ventana y contempla con su visión de pájaro. Bebe agua mineral y después de un momento de silencio me dice que tal vez no escribo para lo que creo. Nos miramos. Reparo en las manchas de sol que minan su rostro. El pliegue de sus párpados aflojado por los años. Sus patas de gallo. Las pequeñas arrugas verticales que atraviesan los bordes de sus labios ahora apoyados contra el puño de su mano. Su gesto de médium.

—Tal vez escribes para fracasar.

Uno de aquellos veranos en los que regresaba por uno o dos meses de Nueva York a la Ciudad de México aterricé vencida por la escritura. Rechazada por la escritura. Expulsada por la escritura. Con todavía una fecha de entrega en el futuro próximo salí por obligación del que era mi cuarto, donde me escondía hasta de mí misma. Le pedí a mi madre, quien ya conoce mis defectos, que leyera el único texto que se me ocurrió que podría entregar. Un texto informal, más o menos cuento, más o menos diario, que escribí en el teléfono celular durante los trayectos en metro entre Brooklyn y el East Village, entre Brooklyn y Harlem. No me dijo, como pensé, que no tenía tiempo para no decir que le daba flojera. No me protestó que por qué a ella, que ella no sirve para eso, como suele responder a las ofertas que exceden sus intereses. Aceptó, quizá porque estaba contenta de tenerme en casa, teniéndome lejos la mayor parte del tiempo.

—Me gusta llegar y que estés aquí, como si nunca te hubieras ido —confesó una de esas noches, a pesar de que ella me convenció de estudiar en el extranjero.

Y me dijo:

—Pero tú imprímelo porque yo no sé.

Mi madre se llevó el texto impreso a su vida ocupada fuera de la casa. Desde la mañana hasta la noche, como si todavía atendiera pacientes o tuviera que llevar a mi hermana de un consultorio a otro. El texto la acompañó a sus voluntariados, sus clases de baile de salón, su curso de italiano para principiantes, su cineclub. Las hojas vivieron un par de días entre envoltorios de comida, botellas de agua vacías, libros, correspondencia, periódicos y revistas arrugadas en el asiento del copiloto. Lo leía a ratos, dentro del auto estacionado bajo la sombra de un árbol, en los tiempos de espera, antes de su análisis o su taller de bordado. Tocó, por fin, la puerta de mi antigua habitación una tarde y entró con las hojas enrolladas en su mano. Se sentó a mi lado en la cama, se quitó los aretes, uno de sus pocos compromisos con la vanidad, se los guardó en el bolsillo de la falda, se cruzó de piernas y, columpiando un pie, me informó de todo lo que no hacía sentido. Me mostró párrafos enteros tachados por una encrespada línea roja que subía y bajaba. Debió haber estado circulando palabras, subrayando renglones y apretando preguntas en los márgenes de las hojas, sobre el volante, con la tapa de una pluma entre los labios. Sus comentarios fueron desinteresados y atinadísimos. Me sentí culpable de sentirme sorprendida. Reescribí el cuento entero animada por sus correcciones, atendiendo sus sugerencias. Pasaron los días y yo pasé de la cama a una mesa, sin quitarme la pijama. Mi madre poco a poco empezó a faltar a las actividades que la mantenían lo suficientemente en chinga para no asomarse a su vida, para quedarse conmigo leyendo y escribiendo. Después de desayunar entraba a despertarme y preguntarme si ese día íbamos a trabajar, y ella, entonces, tampoco se molestaba en ponerse ropa de calle. Habitamos por un rato una grieta en la cotidianidad en su vida de las obligaciones, mientras afuera cada tarde se caía el cielo con las tormentas de agosto. Lejos de los baluartes que típicamente nos alejan, leímos en voz alta cuentos de John Cheever y Flannery O'Connor. Le escandalizó el personaje de Guadalupe Nettel que huele la orina de las mujeres y se llevó las manos a la boca cuando una mujer es apedreada en "La lotería" de Shirley Jackson. Enumeramos las escenas de esas y otras historias. Desenterramos el esqueleto de cada uno de los cuentos. Anotamos las frases más hermosas en una hoja y las más brillantes en otra. Fantaseamos con un archivo íntimo que nunca hicimos. Rastreamos el conjunto oculto de ideas. Diseccionamos cada texto como quien intenta desactivar una bomba a punto de explotar. Discutimos si el corazón del relato latía en la prosa o en la trama. Elegimos nuestros favoritos, los canonizamos. Y, con los rencores entibiados, mientras yo le daba la espalda y me sentaba frente a la computadora para corregir el único relato que tenía, ella escribía a mano con los bolígrafos que todavía viven al lado de una pequeña libreta junto al teléfono fijo que ya nunca suena. Redactaba quién sabe qué historias en uno de esos cuadernos sin dueño. Nunca la había visto dispuesta a escribir con dedicación otra cosa que no fueran listas de tareas, de alimentos, de gastos, de médicos, de medicamentos. Pero en los días y las noches de aquel verano interior tomaba una pluma cualquiera y se acostaba de lado sobre mi cama. Con la cabeza recargada en una mano y el cuaderno debajo de la otra, mi madre llenaba renglón a renglón páginas enteras con sus cursivas ortodoxas de escuela católica. Cuando se le dormía un brazo o se le entumía el cuerpo se giraba hacia el otro lado y continuaba como si algo le debiera a la escritura. Cuando dejamos atrás ese nirvana a principios del otoño, con mi texto reescrito hasta el cansancio, mi madre me entregó aquel cuaderno desvencijado en el que ella estuvo escribiendo conmigo, pero a solas:

—Por si un día necesitas otra historia que contar.

Mi amiga Lucía nota que el regreso a mi no-casa coincide con el regreso a las cursivas.

De niña tenía prohibido despertar a mi hermana porque su sueño era sagrado. Durante muchas noches esperé a que Celeste se quedara dormida primero, para después vigilar si su cuerpo permanecía quieto. Alguna vez, por si acaso ella comenzaba a convulsionar, amarré a su tobillo un cordón con un cascabel que saqué de los adornos navideños. Pero mi madre me ordenó ofendida que se lo quitara.

No consigo evocar a mi hermana con brío de homenaje sino con el remordimiento de una actividad furtiva.

¿A quién siento que se la estoy robando?

Trazo una línea de tiempo vertical para ordenar los episodios definitivos de su vida breve. Su enfermedad es una historia con varios principios.

La primera vez que yo la vi temblar fue en unas vacaciones de Semana Santa en la playa. En aquella habitación de hotel había dos camas. En una dormíamos nosotras y en la otra dormían mis padres. Una noche me despertó el movimiento de la cama: Celeste estaba intranquila, como tiritando dormida. Eso era, entonces, lo que le pasaba a mi hermana. Eso era lo que mis padres no habían sabido explicarme. Sentados en la orilla de la otra cama disimulamos el espanto. Los tres vigilantes la observamos convulsionar e intentamos descifrar el idioma de su cuerpo. Mi padre tomó mi mano derecha y la apretó entre las suyas. Un ruego del que fuimos cómplices. No era ninguna hora. A nuestras espaldas, las luces parpadeantes de la bahía. El mar, un espejo negro, expandía la noche y respiraba a su propio ritmo. Por el balcón corría el viento salado. Me pareció que un alma llegaba por mi hermana, la habitaba y después la abandonaba. Esperamos resignados a que la agitación cesara. No se despertó, no abrió siquiera los ojos, no cambió de posición. Yo me mudé a la otra cama con mi padre y nos miramos como se mira después de haber visto lo inexplicable. Esa noche descubrí que estamos hechos de materiales frágiles. Sentí una desconfianza del mundo que culminaría con una ruptura definitiva el día que ella murió. Él me abrazó, yo acomodé mi cabeza sobre su pecho y compartimos el miedo. Mi madre se acostó junto a Celeste, quitándome el lugar donde yo creía que podía protegerla. Cuando despertó, mi hermana solo dijo que había tenido una pesadilla. Así lo describió siempre a la mañana siguiente después de una convulsión.

Escribo con pluma pero dispuesta a tacharlo todo. Cuando Terry Tempest Williams comenzó a escribir en los diarios vacíos de su madre prefirió la posibilidad de la borradura del lápiz contra la ilusión de permanencia de la tinta. Yo necesito la ficción de la trinchera: una palabra fija tras otra a las cuales aferrarme. No quiero eliminar lo vivido para pretender en la escritura que nunca estuve ahí. Con esa premisa me fui y al volver cinco años después confirmo que no son posibles los nuevos comienzos. Quiero la sombra del pasado. No me importa una vida entre signos de interrogación, capítulos enteros entre paréntesis, experiencias envueltas en círculos con flechas que conducen a notas al margen. Quiero los párrafos con historias que sobreviven a una equis que las niega.

Las monjas le han dicho a Silvia que tiene que hacer planas de las palabras que aprende a escribir conmigo. Le digo que, si quiere, sí. Pero le digo también que lo importante es utilizar la palabra escrita. Creo que Silvia se siente invitada en esa casa y lo de menos es tapizar hojas en blanco de letra muerta, en sus ratos libres, cuando no está horneando postres, tejiendo gorros o bufandas, bordando manteles que los domingos las monjas venden en la iglesia. Repite tantas veces las palabras que las descuelga de su referencia.

Engrapo en la esquina de una página de mi libreta verde la hoja con sus palabras continuas. El patrón del gris contra el blanco me gusta. Tiene un encanto la indisciplina estética. La caligrafía avanza por la página titubeando, como pidiendo permiso. La toca sin poseerla, como un huésped. Como si sus signos se resistieran a fabricar una realidad. Como si supieran que componen una escritura que solo imagina lo que articula. Pareciera que su trazo también se comporta como invitado y sospecha que las palabras escritas sirven sobre todo para fijar los cuentos que nos contaremos, para avanzar con pasos metafóricos, en futuras cartas, por ejemplo.

Vuelvo una y otra vez a la primera sección de mi libreta. Mi mente reconstruye a Celeste, pero mis palabras la inventan. Una doble infidelidad. Las palabras le mienten a la mente. Pero hay una tregua: la mente sacrifica la pérdida del original con tal de aferrarse a una imagen adulterada.

Cabello castaño, claro de pequeña, oscuro de niña, lacio. Ojos cafés, del más oscuro de los cafés. Tan cafés como los míos, casi negros. Los ojos más negros que he visto en mi vida, me dijo alguien alguna vez y, por el tono con el que lo hizo, no supe si interpretar su curiosidad como un cumplido o un insulto velado. Piel blanca, no como la mía, morena. Eso me lleva al día en que la mamá de una de mis compañeras de la secundaria me dijo que para ser morenita era muy bonita. Mi madre y yo nos miramos incrédulas. Su hija remató: Lo bueno es que no te da pena.

La escritura me desvía hacia mí, que no estoy ausente.

Celeste era alta para su edad, en sus pocas edades. Un par de fotografías que dan fe de su existencia retratan su breve paso por la escuela y se ve de las más altas del salón. Ella sí heredó la altura de mi madre. Jirafona, le dice mi tía Mercedes. Aunque mi madre, por voluminosa, se identifica más bien con los elefantes. De la pared del baño de visitas en su departamento cuelga una vitrina de vidrio con decenas de elefantes miniatura. Elefantes de vidrio, de metal, de madera, de cerámica, de tela. Elefantes artesanales que ha coleccionado desde que era niña. Todos enfilados con la trompa hacia arriba, símbolo de la buena suerte. Hace unos años, después del que llamé *El verano de la escritura*, me tatué un elefante de origami en el antebrazo derecho. Ella era el elefante, yo era el papel. Cuando se lo mostré me preguntó desilusionada:

—¿Tenías que tatuártelo?

Se me distrae la mano. Las cursivas me llevan por caminos inútiles, como un telón que va ocultando a mi hermana y me conduce por direcciones contrarias, hacia mi madre, que también ocupa un lugar en el mundo y no necesita un lugar en el papel. Pero me obligo a creer en los vericuetos.

Celeste hubiera sido, sin duda alguna, más alta que yo, que heredé la estatura de mi padre.

Si la viera ahora, ¿la distinguiría de los extraños?

Vigilo el comportamiento de la letra. Primero surca el papel. Tapo el cuerpo de mi hermana con palabras en un trazo encabronado porque apenas puedo verla. Pero después la caligrafía pierde peso en el camino y como la luz que primero lastima y después se atenúa e ilumina, las palabras transparentan una mueca, una risa, un quejido, un instante de oro molido.

Llego al albergue un par de horas más temprano, sin saber a ciencia cierta por qué. Pensé que entre el metro y la mansión buscaría un café por la plaza de San Jacinto donde leer y hacer un inventario minucioso de las pocas y vaporosas memorias que he rescatado de Celeste. Me he propuesto ordenarlas para compartirlas con mi madre, acomodar los episodios sobre la mesa, mirarlos juntas, catalogarlos con etiquetas de colores para después aventurar un orden. Empezar la entelequia por ahí. Esta mañana, sin embargo, caminé frente a los portones, por las calles empedradas del barrio antiguo, frente a las casonas coloniales, que en los años cincuenta eran residencias de fin de semana para los ricos. Cómo será tener todo aquello, la vida económicamente resuelta. Caminé, sin darme cuenta, hacia a la puerta principal del albergue. El portero no me pregunta qué hago ahí a esa hora y por primera vez me deja pasar sin revisar mi nombre en la lista de invitados.

Es la hora de la televisión. Las chicas, despatarradas en los sillones de la sala, ven una serie española sobre jóvenes prisioneras. Silvia grita mi nombre al verme en el comedor. Me quedo petrificada frente a ellas: los grupos de mujeres me atraen y me intimidan al mismo tiempo. Apenas logro un gesto entumido de la mano. Algunas voltean y saludan con un movimiento de cabeza, otras no despegan los ojos de la pantalla. Me siento en una silla plegable, a su lado. Nos damos, como siempre, la mano. Me parece que el embarazo la enguapa. Su rostro y cabello brillan. ¿Cuál es el origen de esa nueva hermosura, el cariño que ya siento por ella o sus hormonas? Dicen que las embarazadas embellecen para que todo el mundo las proteja y afean después del parto para que las dejen en paz. Silvia mira boquiabierta la televisión: una de las presas orina en una garrafa para fermentar un jugo de manzana con el que después se emborracha para soportar el encierro penitenciario. Las compañeras de Silvia exageran gestos de asco, pero yo sonrío encantada por la confianza que les permite exclamar sin vergüenza groserías al personaje en la televisión, con ganas de unirme al coro. Circula entre las presentes un tazón con cacahuates japoneses. Me atrevo a tomar uno cuando llega a mí, aunque un tirón de la conciencia me advierte que no debería estar ahí, botaneando con ellas. Mastico en cámara lenta para disimular el ruido de mis dientes al morder.

Cuando termina el episodio soy la primera en ponerse de pie. Sin el peso extra en mi vientre puedo hacerlo de un salto. Ellas se ayudan a levantarse en un concierto de gemidos y enseguida les extiendo mis brazos rechonchos para alzarlas. Gracias. Gracias. Silvia, cabizbaja, se queda sentada. No hay huellas del entusiasmo con el que me recibió hace un rato. Da un par de palmadas junto a ella. Así que me descuelgo la mochila y me siento otra vez.

—Qué, ¿hoy no vamos a trabajar? —abrazo mis rodillas, haciéndome bolita en el sofá.

—No sé, estoy bien cansada.

—Se nos va a ir el tiempo y te me vas a ir, y qué cartas ni qué nada.

—Ya sé, ya sé.

Se levanta la playera para mostrarme el tamaño de su barriga:

—Ve nomás.

Aprieto los dientes. Es más grande de lo que parece debajo de la ropa holgada que siempre lleva. Hay una lección de sabiduría en la curvatura de su panza.

—Ya es de este tamaño —calculo la extensión del bebé con las palmas de mis manos, con cuidado de no rozar su piel.

—Como una coliflor, dice la doctora.

Se me escapa una sonrisa que Silvia replica con un relieve de tristeza que le ensucia la alegría.

—Debe de ser muy fuerte —maldigo a mi madre por no haberme preparado para esta conversación.

—Hay días buenos y días malos.

—¿Hoy es un día malo?

—Horripilante —Silvia aprieta los ojos.

Qué carajo hago aquí sentada al lado de una chica embarazada, lejos de su familia, de sus amigas, aislada en una burbuja de opulencia. No tengo ningún buen consejo para que se sienta mejor. Ni si quiera sé cómo ayudarla a saber qué es lo que siente. Ni siquiera sé qué es realmente ayudar en ese caso.

—Ay, discúlpame, Juli. No sé qué me pasa, de veras. ¿Para qué te hago venir hasta aquí?

—No te preocupes por mí —me miro las uñas mugrosas, sin atinar qué añadir—. Yo entiendo los días horripilantes.

—¿Tú?

Antes de que empiece a hablar se lleva una mano a los ojos. Sus dedos cubren sus párpados, no alcanzo a ver el nacimiento de sus lágrimas pero sí los ríos de agua salada sobre su piel. Me debato un instante entre buscar servilletas en la cocina o correr por papel de baño. Termino por pasar mi brazo detrás de su cuello para abrazarla. Silvia recarga la cabeza hacia atrás, sobre el borde superior del sillón y mi antebrazo le sirve como almohada.

Llora lo que necesita llorar.

Se endereza y se seca y se suena con el cuello de la playera. Incorporo mi brazo entumecido, lo estiro frente a nosotras. Nota mis uñas:

—Guácala. ¿Pues qué no te lavas bien las manos?

—Al parecer, no.

—Que te vean las madrecitas, eh.

—No, qué miedo.

Silvia suelta una carcajada.

—Si no hacen nada. Si serás miedosa.

Ella hace lo mismo: extiende sus dedos vacilantes y presume sus uñas pintadas de verde pistache, mordidas por las orillas. Desaprobamos con un gesto gemelo nuestro descuido personal y, después de un silencio, Silvia reposa sus manos al principio de su vientre. Empieza a ser portentoso, una montaña que sube y baja cuando inhala y exhala. Levanto la mano como pidiendo permiso, Silvia me deja. Siento su piel estirada. Me impresiona la dureza de su panza, que imaginaba aguada como la mía. Presiono levemente con los diferentes puntos de la palma de mi mano, auscultando, esperando captar señales del otro lado.

—¿Patea?

Silvia responde con una negativa de plomo y se baja de inmediato la playera para largar mi mano con la tela.

—Lo siento.

Qué bruta, me digo.

Cierra los ojos. Respira hondo, suelta un sonido que no sé interpretar y mueve la cabeza contrariada. Como quien dice no te preocupes, no es nada. Pero no sé si me perdona.

Escribo sin descansar el movimiento en trance de la mano, pero no atino. Los recuerdos no corren por la página. Trato de concretar qué fue lo que durante años escuché en las horas de espera afuera de las fisioterapias y neurólogos de mi hermana.

Mi madre intercambiaba relatos fundacionales con otras madres de hijos enfermos. La sala de espera era a su vez una terapia para ellas. Mi madre hablaba de los pacientes que atendió cuando practicaba en un hospital de neurología. Contaba a sus nuevas cómplices, casi una secta, sobre los últimos artículos que había leído, los tratamientos más modernos y los ancestrales, los métodos alternativos, los medicamentos experimento. No recuerdo lo que decía. Recuerdo, sin embargo, su voz de sinusitis, más clara que su voz de ahora tiesa. Recuerdo los movimientos expresivos de sus manos, su vestimenta más bien práctica, sus labios mordidos y no pintados, como los labios vecinos, su despreocupación por disimular el cansancio, en otros rostros bien maquillado, su desinterés por la elegancia, su sentado desgarbado. El antebrazo recargado en la parte superior del respaldo, su cruzado de piernas. La recuerdo escuchando y aconsejando, porque las personas desconocidas le cuentan sus problemas como si mi madre llevara una sotana y un cuello romano.

La memoria de Celeste solo puede ser colectiva. Enlisto una serie de preguntas para mi madre, para Mercedes, para las tías de mi madre a las que llamamos abuelas. Escribo preguntas para mi padre que nunca le voy a hacer, aunque con él compartí la novedad inesperada de la enfermedad. Le mando un mensaje a mi madre para preguntarle cuándo puedo hacerle la primera pregunta de muchas. No opone resistencia, pero tiene que mirar su agenda. Promete encontrarme un espacio en blanco. No interpreto su burocracia como una señal de alarma.

Llevo a mi madre a ver una exposición de Marcos Castro. Es un domingo poco concurrido en el museo. Vemos volcanes que erupcionan sobre cielos de tonos rosas, enormes flores de colores chillantes, selvas que esconden personajes siniestros entre lo tradicionalmente bello. En un lienzo del tamaño de una pared entera, un pájaro reposa sobre las vértebras de un cadáver animal en un desierto decadente allanado por el sol.

—Ante tanta muerte, apuesta a la vida —dice mi madre.

Por primera vez desde que regresé a México han pasado días sin vernos y nos actualizamos mientras damos un paseo de galería en galería. Mi madre ha reprobado su clase de italiano por no estudiar las conjugaciones en pasado para el último examen. Dice que necesita la gramática del futuro pero no la de los pretéritos. Sus compañeros son casi todos universitarios y no le importa ser por mucho la mayor del salón, ni repetir el curso. Está obsesionada con una serie de detectives protagonizada por un tal comisario Salvo Montalbano, de quien suena un poco enamorada. Entiende más o menos los diálogos en los episodios. Está pensando en recorrer Sicilia, sola. Es parte de su larga lista de lugares por conocer antes de morir: Islandia, Jordania, Sudáfrica… Tal vez Mercedes quiera acompañarla. No se le ocurre invitarme.

Quiere saber todo sobre mi nuevo trabajo. Realmente pensé que leer audiolibros era el trabajo perfecto hasta que me informaron del sueldo. Sin embargo, empiezo a pasar horas y horas sentada de buena gana en un estudio de grabación que es casi un ataúd vertical. Una ventana de cristal me separa del ingeniero. Es un chico de diecinueve años que de grande quiere ser productor de música. Ese es su trabajo de medio tiempo, mientras termina la carrera.

Gana todavía menos que yo. También le pagan solo las horas de libro ya terminado y no las horas de grabación.

—Pobre chico —dice mi madre.

Le cuento que pasamos tanto tiempo juntos que empezamos a reírnos de mis errores al pronunciar palabras complicadas o cuando se me acaba el aire en medio de una frase. Nos vamos cayendo bien. A veces comentamos los capítulos recién leídos.

Mi vida transcurre entre el albergue con Silvia y el estudio, donde leo ficciones para adolescentes, ensayos personales, clásicos de la literatura y novelas contemporáneas. Leo *El viento que arrasa* de Selva Almada, que adoro porque comparto la soledad de los personajes. Leo *Papeles falsos* de Valeria Luiselli y también *Los ingrávidos*, cuya protagonista se afantasma en el metro neoyorkino y no me da ninguna nostalgia leer sobre aquella ciudad que alguna vez fue mi casa, aunque tampoco regreso caminando hasta la Escandón pensando que es la Ciudad de México a donde pertenezco. Ya no quiero tener que parecerme a la ciudad en la que vivo para sentir que tengo derecho de estar ahí. Leo *Tu cruz en el cielo desierto*, sobre un amor a distancia, y el ingeniero me mira sobre sus lentes después de líneas como Me decía que cuando nos viéramos iba a buscarme cicatrices.

A ratos odio mi voz. A ratos me desprendo de ella como una herramienta casi ajena. Ya no puedo leer en silencio, le digo, ahora pronuncio cada palabra en mi cabeza como si leyera para alguien más. Me queda un regusto a plagio, como si mi voz hurtara no las palabras sino el alma del libro. Me queda el delirio de inferioridad porque creo que yo nunca podré escribir libros tan buenos. Me queda la satisfacción de compartir una buena historia que salve de su cotidianidad a quien la escuche, me gusta imaginar mi voz en los oídos de personas sin rostro que caminan, que pasean a su perro, que lavan los trastes, que barren. Me gusta ser ese puente vocal. Mi madre quiere escucharlos todos. Me pide que le baje la aplicación en su teléfono, la suscriba y le enseñe a usarla. Si se va de viaje, exclama de pronto, no me extrañará. Se le antoja un mezcal y entramos a un restaurante. Le pregunto cuándo es buen momento para hacerle preguntas sobre Celeste.

Silvia me pregunta qué hago con las cartas que no mandé. Son rituales de pérdidas: a veces las guardo, a veces las tiro, a veces las tacho enteras.

—Pero ¿y entonces pa' qué?

Le digo que si nunca le ha ocurrido que se pelea con alguien, una amiga, una pareja, su mamá o quien sea, pero se quedan sin hablarlo. Si esa conversación pendiente se transforma en un sentimiento tortuoso que se enquista por ahí en algún rincón de la cabeza, del estómago, de un brazo o una pierna. Una disculpa. Un amor no declarado. Un reclamo. Un agradecimiento. Si acaso mucho, mucho tiempo después, no sueña con esa persona y en ese escenario volátil por fin se sincera. Y a la mañana siguiente siente liberación. Como si de veras se hubieran encontrado.

Silvia se toma unos instantes para procesar mi verborrea. No la convenzo de que los sueños son parte de la autobiografía. Se muerde la uña del dedo pulgar derecho y con mirada oponente me evalúa. ¿Quién debo ser yo para ella? Una loca. Espero su dictamen. Nada. Me mira con cara de *cada quien* y cambia de dedo pulgar.

—A veces sueño con mi mamá. Pero últimamente sueño con uno de mis tíos.

—¿Y se resuelven pendientes?

—A mí se me hace que eso es trampa. Porque, por ejemplo, suponte que alguien me hizo algo a mí que yo no quería. Que está mal, ¿no? Y yo, pues, ando bien mal. Hasta me siento mal, ando triste, enojada. Y ni le puedo decir a nadie. Porque pues quién me va a creer, y aunque me crean, pues qué van a hacer. Y porque además yo no quiero que nadie ande hablando de mí. Y que luego, esa persona, la que me hizo eso, se da cuenta de que eso no se hace. Y luego sueña que me pide perdón y que yo lo perdono —se da una palmada en el muslo—. Figúrate. Cuando si fuera a ser que de veras me viene a pedir perdón a mí ahorita, aquí, aquí, pues yo no lo voy a perdonar. Ni que estuviera yo tonta, ¿verdad? Ni que se me hubiera olvidado. ¿Que no estoy embarazada por su culpa?

Me le voy encima en un abrazo que Silvia tolera. Después de un momento, me rodea con sus brazos. Luego me da un par de palmadas en la espalda y nos separamos.

Tiene razón. Es una trampa: las conciliaciones oníricas no cuentan.

—Y ¿tú cómo le haces para soñar con quien tú quieres soñar?

—No sé. Simplemente se me aparecen, lo mismo las personas a las que extraño que las que no quiero volver a ver.

Mi analogía entre los sueños y las cartas no funciona. Es obvio que no sé lo que estoy haciendo. Le propongo otra situación hipotética: le escribe al bebé, pero la carta no llega. La carta se pierde, se la roban, hay una huelga de carteros, alguien por error la tira a la basura. La carta se cae, se moja, se rompe, se deshace, pero para ella valió la pena escribirla.

Silvia vuelve a cuestionarme con la mirada.

Luego recarga la cabeza en la orilla del respaldo de su silla mientras piensa. Miramos juntas el candelabro que cuelga como de otra época. La tarde empieza a palidecer con nuestro silencio. Ese día tampoco avanzamos nada. De pronto cruzamos alguna palabra sobre el no perdón. De pronto nuestros ojos se encuentran. Conozco esa mirada. Posee el silencio de todas las mujeres violentadas de estos y otros tiempos.

Luis vivía en el departamento número cinco de mi edificio. Pertenecía a esa otra constelación de vecinos más grandes, a los que de un momento a otro los niños les parecimos aburridos. Los que un día dejaron de jugar y al poco tiempo empezaron a tomar y a fumar a escondidas. Luis, sin embargo, me invitaba a esos espacios donde mi presencia estorbaba. A veces nos sentábamos en lo alto de un muro de rocas. A veces me llevaba con sus amigos a los columpios de otro parque, más lejano. Me decía que yo le gustaba mucho, que era muy bonita. Y yo siempre había querido ser muy bonita, como mi hermana. A Celeste todos la chulearon desde que nació. La describían como una muñeca de porcelana. Castaña, con la nariz perfectamente triangulada y pestañotas. Varias veces, el del cinco me preguntó si quería ser su novia, ya con los dedos en mi entrepierna, donde también me besó. No me gustaba, no me gustaba nadie todavía. Entendía, más o menos, lo prohibido de estar a solas con él en las oscuridades del estacionamiento. Pero no salía corriendo de ahí. Recuerdo sentirme paralizada. Recuerdo esa sospecha, ese saber sin saberlo, que aquello pertenecía a lo clandestino. Así conocí mi cuerpo. Me duele que aquello fuera un aprendizaje de mí misma, de que la sexualidad se desarrolla en secreto, en lo encubierto, en lo incorrecto. En la decisión de alguien más. Y quería contarles a mis amigas que alguien quería que yo fuera su novia. Pero él me pidió que no le dijera a nadie. Mantuve el secreto quizá durante meses. Un día nuestra maestra de tercero hizo un comentario sobre su pareja que despertó la curiosidad de mis compañeros de clase y, en un bombardeo de preguntas, a mí se me ocurrió comentar que yo también tenía un novio mucho más grande que yo. Debió haber sido tan extraño para todos que yo tuviese un novio, debió haber sido tan raro para la maestra que se lo dijo a mi madre.

Mi madre fue corriendo a amenazarlo. Si la vuelves a tocar, te mato. Nunca más la vi encolerizada. No sabía con quién estaba más enojada, si con él o conmigo. Fue en la seriedad de haberse arrodillado frente a mí para que no me perdiera ni un detalle de su rabia, fue en el dolor en su mirada y en la fuerza de sus manos presionando mis brazos, en lo apretado de su abrazo, que terminé de entender lo que había pasado. Lo que yo había dejado que me pasara.

El vecino del cinco no me volvió a buscar y por el resto del tiempo que vivimos en el departamento de Uxmal nos evitamos. Cada vez que yo caminaba por su puerta miraba hacia otro lado, pero a veces, cuando yo ya no era una niña, al regresar sola de la secundaria, la mamá de Luis estaba en la cocina de mi casa tomando café en una de nuestras tazas. Yo entraba a la cocina con un hola más bien para mis adentros.

—¿Cómo se dice?

Tal vez aprisa me servía un vaso con agua, tal vez sacaba un plato de comida del refrigerador.

—¡Saluda! No seas grosera…

—Buenas tardes.

—¿Lista?

Mi madre se cruza de piernas.

—¿Cuándo fue la primera vez que viste a mi hermana temblar?

—Sábado, 19 de febrero de 1993.

Celeste no quiso dormir sola. Victoriosa en la negociación, Celeste y mi padre intercambiaron lugares.

—Me despertó el zarandeo de su cuerpo. Prendí la luz y fui corriendo a la habitación de enfrente por tu papá, con cuidado de no despertarte.

—¿Qué hizo? —me lo imagino apurándose a cargarla.

—¿Me estás grabando con tu celular?

—Sí.

—¿No te basta con tomar notas?

—Mamá, ¿qué hizo?

—Me dio la mano. Me la apretó fuerte.

—¿Tú cómo te sentiste?

—Bueno —le da un traguito a su café—, no era la primera vez que veía a una persona convulsionar.

Años antes de aquella noche, mi madre trabajó en el Instituto Nacional de Neurología, mientras se licenciaba en psicología clínica en la UNAM. Vio a pacientes narcolépticos caerse dormidos a media conversación. Pacientes esquizofrénicos con los que nunca hizo contacto visual durante la consulta. Vio a tantas personas con distintas epilepsias convulsionar dentro y fuera de su oficina que terminó escribiendo su tesis sobre ellas. No fue un susto ante lo desconocido lo que sintió al ver a mi hermana. Sabía que aquello terminaría. Que no había más que vigilarla, esperando que su entramado de huesos no se desbaratara. Vigilarla aterrorizada por la posibilidad de que una vez sereno el cuerpo, ella, la que vivía ahí dentro, se perdiera en el camino de regreso a sí misma. Lo que sintió al ver a mi hermana fue otra clase de miedo. Un miedo que hiela, pero no te permite agachar la cabeza.

—El lunes siguiente fuimos con un amigo neurólogo y la verdad es que no me dijo nada nuevo —se truena los dedos y suenan como si se los rompiera.

A partir de ese momento había que observar con lupa a Celeste, pero actuando con naturalidad, sin estresarla. Si en quince días el episodio no se repetía, podrían olvidarlo. Por las mañanas, mi padre me dejaba en la primaria y mi madre se quedaba con Celeste en casa. Ella daba consulta y una niñera cuidaba a mi hermana. La niñera también vigilaba y daba un reporte detallado de su conducta y los eventos. Por las noches, mi madre se despertaba con alarmas para velar cada tanto en nuestra habitación, cuya puerta nunca volvió a cerrarse. Los días transcurrieron tranquilos.

—Pero la noche del día número catorce, yo creo que con un instinto de protección —esto último lo dice con los ojos llenos de ternura—, medio despierta medio dormida, se metió a nuestra cama y ahí, entre nosotros, volvió a convulsionar.

Escribo en mi libreta verde las palabras clave en las respuestas de mi madre, algunas ideas, semillas de otros recuerdos y también su mímica facial, sus ademanes y cambios de entonación, el baile nervioso de sus pies.

—¿Estás bien?

Unruly body, dijo una vez un especialista gringo, diagnosticando a mi hermana con sus palabras de acero hirviendo. La marca de cuerpo ingobernable la reveló una enferma sin retorno, condenada con su etiqueta a la periferia de la *normalidad*.

Las convulsiones, embravecidas, se independizaron del sueño de Celeste para apropiarse del ritmo de su cuerpo en la vigilia. Aumentó la frecuencia de las sacudidas y mi hermana, en consecuencia, empezó a desplomarse sin motivo aparente. Sin haberse tropezado, sin que yo la empujara. La suya era una enfermedad vertical. Comprendí, muchos años después, que una descarga electrocutaba como un trueno las neuronas de mi hermana. Un error en el plan maestro de la naturaleza. Su cuerpo perdía el control de sí mismo y temblaba como de vez en cuando tiembla la tierra cuando se agrieta. Las convulsiones eran tan fuertes que de golpearse podía romperse los huesos. Una vez el brazo izquierdo, otra la muñeca derecha. Dos dedos, el índice y el pulgar. La piel amoratada o las torceduras no eran peores que los daños neurológicos, con frecuencia irreparables. Regresaba con la mirada perdida de la media muerte. Espirituada, como si hubiera despertado en el universo equivocado. Primero, por un rato, nos atravesaba con los ojos. Luego caminaba desorbitada. Comprendí que cada cortocircuito debilitaba más y más su entramado cerebral. Por eso, algunas veces, después de caerse parecía quedarse allá. Se tardaba unos minutos, cada vez más largos, en volver, en mirarnos, en pronunciar las palabras de nuestro idioma. Después de algunos balbuceos, después de tartamudear. Volvía deslenguada del trance. Regresaba pura a redescubrir qué persona tenía que ser. Y mientras nos alcanzaba, nosotras la esperábamos de este lado de la vida. Yo recargada en una orilla, sin entrometerme en el recorrido que mi madre hacía de su cuerpo. Le abría los párpados, le abría la boca, revisaba que no se hubiera mordido la lengua. Limpiaba la baba escurrida por su cuello hasta el suelo. Buscaba hematomas o aberturas en su piel, masajeaba los dedos de sus manos hasta desempuñarlos. La incorporaba con cuidado y se sentaba con las piernas abiertas detrás de ella. Recargaba la espalda de mi hermana sobre su pecho y acompañaba la transmigración de Celeste con su agonía maternal.

Escribo esa constelación de recuerdos en la que se solapan traiciones a la verdad: lo que decido narrar de lo que conseguimos recordar. Un desafío entre dos autoridades: las mañas de la memoria, que tiene su propio orden, independiente e invertebrado, y los engranajes de la escritura: las reinterpretaciones de los hechos, constreñidos por las limitaciones textuales de su retrato.

Los barandales y el antiderrapante del primer piso del albergue me recuerdan una residencia para ancianos. Debe de haber una precaución común entre los cuerpos que dan vida y los que la pierden. Pienso en otros tipos de casas especiales donde escondemos los cuerpos que no queremos ver todo el tiempo. Ese primer piso está casi abandonado. Hay algo carcelario en los pasillos desiertos, las paredes color beige, sin ninguna decoración. Tal vez los donadores del albergue nunca suben hasta ahí. Me imagino que alguna vez los llevan de paseo para mostrarles dónde acaba su dinero caritativo. Todas las puertas están cerradas. Doy un par de golpes con los nudillos en la segunda a la izquierda, la puerta de la habitación de Silvia, de acuerdo con las indicaciones de algunas de sus compañeras que, al no encontrarla en la mesa del comedor y preguntar por ella, me dijeron que la buscara en su cuarto.

—¿Se puede? —entreabro la puerta.

Junto a la ventana que da al jardín, Silvia está sentada en un sillón reclinable con las costuras rotas. Lleva puesta una pijama desgastada de algodón que le queda de brincacharcos y deja ver la flacura de sus piernas en contraste con la expansión de su panza. Las piernas cuelgan de un reposabrazos; su pelo largo y revuelto, del otro.

De pronto me llama *maestra*. Me rompe un poquito el corazón. ¿Lo hace para alejarse de mí ahora que estoy en su territorio?

—Julia, por favor.

—Me dijeron las madres que te diga así —lo dice quejándose, no sé si de mí o de ellas.

Las monjas y sus mentados formalismos.

—Quieren enseñarnos a portarnos bien.

Me intriga esa educación correctiva. Dejo caer mi mochila en el piso y me siento sobre la alfombra color vino, junto al marco de la puerta abierta, a un par de metros de Silvia.

—Que no hablemos cuando masticamos. Que no digamos groserías.

Me imagino a las monjas reformándolas, como en un internado que corrige mujeres para reinsertarlas en la sociedad con buenos modales. Buenos modales que siguen la autoridad de una voz primero ajena, que después se hospeda en nosotras y gobierna. ¿Las monjas entran a sus cuartos? ¿Dónde termina su custodia? Si no las dejan ni decir groserías, ¿qué les dirán respecto a sus embarazos no deseados?

—Pues que demos gracias de estar aquí. Que demos gracias de esto —se señala el vientre—. Que no digamos cosas malas sobre nuestros hijos. Ni sobre nosotras. Pues, ni sobre nada. Que nos preparemos para ser buenas cuando salgamos de aquí.

—¿Te hacen sentir mal?

—¿Las madres? No, no. Tampoco. Pero es que son… Bueno —busca la palabra—, ya sabes —se persigna.

—Porque si sí, yo te defiendo.

Silvia ríe por lo bajo y chasquea con la boca:

—Ni falta que hace.

—Más les vale que no te quieran convencer de que estás embarazada por tu culpa.

—Bueno, así, así, como lo dices tú, no. Pero sí están duro y dale con que mejor no andemos provocando.

—Pues no. Tú y yo podemos salir encueradas y la responsabilidad de no tocarnos es de ellos.

Suelta una carcajada:

—No, bueno, si yo me salgo de mi casa encuerada, figúrate lo que me hacen —termina de reírse—. Sí entiendo lo que me quieres decir, Juli. Pero pues ellas qué van a saber, si nunca les ha dado el sol en las piernas. Pero, mira, yo no vine a que me cambien, ¿eh? El chiste es llevar la fiesta en paz.

—No fue tu culpa.

—Sí sé. Además, para eso tenemos a tu mamá —se muerde las uñas rosas y junta las cejas, como si recordara alguna conversación específica con mi madre—. Menos mal, ¿verdad? Si supieran lo que nos dice, yo creo no la vuelven a dejar entrar.

Empiezo a morderme las uñas yo también, nunca lo hago.

No había pensado en cómo sería la habitación donde duerme Silvia. Es amplia, de techo alto. Está minuciosamente ordenada. No veo un rastro del desorden propio de un grupo de adolescentes. Las camas son individuales y están tendidas con la perfección de un hotel, cualquiera diría que mullen las almohadas y alisan las colchas con un palo de escoba. Tal vez también les enseñan a hacer trabajos de mucama. Esos oficios que les dicen que las preparan para el mercado laboral. Le pregunto cuál es la suya. La de flores infantiles, la de franela con cuadrícula de leñador, la de números de colores o la de *Star Wars*.

—Adivina.

Al lado de cada cama hay una cajonera de cartón con cremas o medicinas. Algunas fotos pegadas a la pared. Supongo que ahí duermen las que sabían que llegarían a ese u otro albergue y empacaron pruebas de su vida anterior para el aislamiento. Quiero acercarme para ver de cerca esos retratos de familia y a las personas en las fotos pequeñitas de documentos oficiales.

—La de los robots. ¿Y sabes qué es lo mejor? Que ahí duermo yo sola.

—*Cama*, ya la sabes escribir.

—Bueno, es que esa es bien facilita.

—¿Por qué no bajaste para nuestra clase? ¿Te sientes mal?

—Más o menos.

—¿Por el embarazo? ¿Qué sientes?

Acuérdate, Julia, tú no eres…

Silvia eleva y cruza las piernas. Lo medita como si tuviera que actualizar la respuesta.

—Pues —ladea de un lado a otro la cabeza, como recopilando información para contestarme—. A ver… Yo estoy aquí sola, ¿no?

Asiento, nada convencida. Silvia está rodeada de otras mujeres también embarazadas con quienes espejea el proceso. Hay monjas merodeando como fantasmas por toda la casa. Alguna que otra enfermera, talleristas, voluntarias.

—Bueno, estoy yo —digo medio en broma y medio en serio.

—Sí, pues. Pero estoy sola, sola, sola. No están mi abue ni mis hermanitos. Ni estoy en mi casa. Yo ni soy de aquí. ¿Ajá? Pero no estoy sola —se reclina en el sillón y enchueca la boca.

La miro sin interrumpirla, descifrando sus palabras.

Se señala el vientre:

—No estoy sola.

Miramos su vientre abultado.

—No —confirmo asombrada—. Hay alguien más ahí.

Silvia se masajea el entrecejo con los ojos cerrados. No sé si va a llorar. Cuando levanta la mirada, le pregunto si necesita algo.

—¿Cómo qué? —su voz ronca suena desafiante.

—No sé, algo que pueda traerte, algo que necesites…

Levanta la barbilla, levanta una ceja. Me mira por un instante como esforzándose por situarme en la totalidad de sus significados.

—No necesito nada. Yo, así estoy bien.

Otra vez me siento una tonta. ¿En qué estoy pensando? ¿En comida, en ropa, en dinero?

—Nomás que esto es bien extraño… No sé… Ni sé cómo decirlo. No sé ni quién soy.

—¿Cómo van los síntomas?

—Bien. Antes tenía muchas náuseas y me andaba quedando dormida por todos lados, como ancianita. Dice tu mami que como acá nadie me da lata, sí me quedaba dormida a cada rato, pues porque aquí para eso es. Estuviera yo en mi casa y nada de acostarse pero ni un ratito. Deja tú dormir, a reposar nomás. Que hay que cocinar, que hay que limpiar la casa, que ya van a llegar mis hermanos, que ya llegaron y no se callan, ni obedecen ni nada de nada, luego se salen y hay que andarlos buscando.

—¿No te ayudan?

—El grande ya ayuda un poquito. Pero no creas que quiere quedarse adentro de la casa. No, qué le va a gustar. Pero pues ahorita que se cuiden como puedan. Si tampoco les va a pasar nada.

—¿Los extrañas?

—Sí, cómo no… Pero ¿y yo por qué si tengo esta oportunidad de dormir en una casa de estas, tan buena, y de comer tan delicioso y de descansar y de aprender, como contigo, me voy a regresar a hacer el quehacer y a regañar niños todo el santo día? Que me esperen tantito. Si ya les dije que voy a regresar. En este momento estoy muy ocupada conmigo misma. Y tengo mucho que pensar.

—Además, aquí nadie te hace nada.

—Ahora sí ya me estás entendiendo.

Me cuenta que a veces tiene pleitos con las otras chicas del albergue. Se dicen de cosas y se dejan de hablar. Pero al final casi siempre se contentan o se dejan en paz. Cada una tiene sus temas. Ninguna, dice, llega ahí sin una razón personal para no comprender a la otra.

—Luego es que estamos aquí sin nada que hacer y se nos va el tiempo en pendejadas. Que tú, que yo. También por eso yo tengo ganas de aprovechar mejor mi estancia aquí y más ahora que ando como bien despierta. Con muchas ganas de hacer cosas.

—¿Como qué?

Silvia se muerde el labio inferior.

—Pues de que tú me enseñes a leer y a escribir, de platicar con las demás. Antes me daba flojera, la verdad. Sentía que a mí qué me importa y a ellas qué les va a importar mi vida, si ni nos conocemos de nada. Y pues qué iban a pensar de mí, ¿verdad? Pero ahora sí quiero, ¿eh?

—¿Te imaginas que te dieran ganas de cosas muy raras?

—¿Como de qué o qué?

—Pues, no sé. Síntomas del embarazo medio delirantes.

—¿Cómo?

—No sé… Como que se te antojara entender cómo funcionan los volcanes. Y te pongas a investigar como loca.

Silvia hace un gesto que delata lo mala que es mi broma.

—O que, ahora en el segundo trimestre, después de las náuseas, te dieran ganas de aprender a, no sé, manejar tractores.

Le saco una sonrisa.

—¿O que me dieran ganas de comer monjas?

—Eso, antojo de monja criticona. O que te den miedo los paraguas.

—Sobre todo los azules.

Disfruto reír con Silvia a solas.

—Deberíamos hacer un documental mentiroso en el que salgas diciéndole a otras embarazadas que ya sabes por lo que están pasando. Que el video es para acompañarlas en sus nueve meses.

Y que les vas a explicar los síntomas secretos de los que nadie quiere hablar, pero que son importantes. Como el miedo a los paraguas y los antojos de ir al zoológico para observar leonas.

Esta tarde en su habitación las sonrisas avivan cierto cariño que reconozco que he empezado a sentir por ella. A veces me parece que podría quedarme con Silvia todo el día. Así podríamos platicar libres de culpa por desperdiciar el horario designado para la clase.

—Yo filmo y tú protagonizas.

—¿Cómo le haría yo?

—Hola, amigas —imito a cualquier influencer—. Bienvenidas a este video informativo sobre todo lo que debes saber sobre el embarazo. Es probable que en este momento de tu vida sientas cosas que nunca imaginaste, como un cariño peculiar e intenso por los puentes.

—No te preocupes si tienes calambres en las cejas, es totalmente normal —Silvia actúa, moviendo los brazos, como conductora de televisión—. Y si haces pipí de muchos colores, también. O —se inclina hacia la cámara imaginaria— si sientes uno de esos gustos, que son de los mejores, de los más mejores, cuando haces pipí, es normal.

Exagero una cara de sorpresa.

¿Mi madre también siente que su existencia de pronto vale la pena cuando una de las chicas que acompaña confía en ella?

—Que se mueran de envidia los hombres —levanto la voz y el dedo índice.

—Sí, ¿eh? Ahora sí que qué lástima que no sean chavas, porque todo el embarazo estás disfrute que disfrute. Si una hace pipí a cada ratito.

Comencé a escribir para mí cuando Celeste empezó a convulsionar. Yo no lo recordaba, mi madre sí. En un viaje a Guanajuato mi tía Mercedes me regaló un juego de cuadernos cuadriculados de pasta blanda de cartón. Tenían un patrón de plantas en la portada. Mercedes me dijo algo así como que a ella le gustaría saber qué pensaba del mundo cuando tenía mi edad. A Mercedes le encantan las fotos y los árboles familiares. Es el tipo de melancólica que guarda los boletos de avión para recordar los viajes, las entradas de conciertos, de museos, hasta las cuentas de restaurante. Me entregó el juego de cuadernos y me dijo que llenara esas páginas para cuando de grande quisiera recordar quién era yo. Ni mi madre ni Mercedes se asomaron a mis páginas privadas, no eran cuadernos del castigo. Conocí la escritura en la soledad, como buscando un amor desconocido. Empecé mi propia tradición de la nostalgia. No entendí en ese momento por qué una se perdería a sí misma. No entendí en ese momento que a veces cambiamos hasta olvidarnos. No imaginé la posibilidad de las infidelidades propias. Ni las violentas, ni las necesarias, ni las atinadas. Pero seguí sin esfuerzos su consejo. Se me hizo hábito y como toda preadolescente me refugié en mis diarios. En aquellos cuadernos iniciales dibujaba a mi familia, como todos los primeros escritos infantiles. Dibujaba a Celeste a veces en su cama, a veces en el suelo, después de desvanecerse. Dibujaba cuerpos que al contacto con el piso se quebraban. Un listón de piel que al desenrollarse dejaba entrever a otra persona. Cuerpos que ocultaban un desperfecto, alguna errata. Cuerpos que por dentro se repetían. Seguí dibujando y escribiendo, descubriendo la intimidad. En los tiempos muertos, en las salas de los consultorios. Me acostumbré a escribir para habitar la espera. Y luego procuré la espera para poder escribir. Mi madre llevaba en su propia mochila una libreta negra que años después llamé el *Diario de los temblores*. Los ataques y las parálisis de mi hermana retumbaron hasta nuestras páginas. Mientras mi madre enlistaba las convulsiones por sus particularidades o trazaba tablas que relacionaban los medicamentos en diferentes dosis y combinaciones con la frecuencia, la duración e intensidad de las crisis, yo trazaba siluetas horizontales. Cada una a su manera interpretaba el misterio de Celeste. Y tal vez en esa unión de soledades lidiábamos juntas con la incomprensión.

Para cuando Silvia y yo empezamos a tejer una amistad, mi archivo de Celeste empieza a poblar la libreta verde. Escribo aprisa mientras mi madre recuerda. Intento completar sus memorias fragmentadas, aunque sea con dudas entre líneas. Rastreamos como perras ese hueso ambiguo, variable.

Saco una monografía de Benito Juárez de mi cartera y la pongo sobre la mesa.

—Menos mal que no me le parezco.

Silvia saca de su bolsa de plástico la libreta roja y antes de que la abra le pido que escriba *papá*. La escribe con el dedo sobre el vidrio de la mesa. Y celebramos. Nunca sé cuándo es buen momento para complicar la escritura con los acentos, así que no me detengo en las reglas, pero se los explico brevemente con una analogía musical y le cuento que una vez compartí departamento con una chica filipina que me enseñó que en tagalo la palabra acento significa herida y una vocal acentuada es una letra lastimada.

Su respuesta es un levantamiento de cejas y un cambio de tema:

—¿Hago planas?

Abre su libreta y se dispone a repetir la palabra por varias páginas.

—Mejor ahora escribe *bebé*. No, esa está muy fácil. *Bebito*, mejor.

Le cuesta un poco de trabajo la *t*, pero al deconstruir la palabra la extrae del sonido *to*. La recuerda de *taco* y *Cata*.

—Bravo, Silvia.

—Sí supe, ¿verdad?

Acomodamos nuestras libretas, hojas sueltas, lápices, plumones de colores. Cada vez acumulamos más objetos. Escribe *pepito*, *papito* y al lado de esta última dibuja un corazón, que a diferencia de las letras es un trazo con experiencia.

—¿Cómo se llama el papito que te gusta?

Se sonroja:

—Daniel.

—¿Y tú le gustas?

—Pues es que le gustan todas. Pero, qué te digo, yo me enamoro como pendeja.

—Yo también.

Mi madre está sentada en una banca del parque España viendo a algunos niños jugar. Son las tres de la tarde y los columpios están desocupados. La mayoría de los niños llegará después, cuando terminen de comer o hacer la tarea. Apenas alguna madre, un padre, una que otra cuidadora. El globero, el puesto de dulces. Los árboles comienzan a vaciarse. Todas las hojas son del suelo. Un hombre en uniforme fosforescente las barre del patio de juegos. El pelo cenizo de mi madre le tapa la cara. Está encorvada hacia delante. Me acerco por detrás para taparle los ojos con las manos y sorprenderla, pero me mojo de sus lágrimas. Dice que siente que algo se le perdió adentro. Se da golpecitos con la mano en el pecho. Una antigua rasgadura se descose otra vez. Dice que sintió que descendía, como si hubiera caído con todo su peso en el abismo de sí misma. En el límite de la comprensión. Solo sé rodearla con fuerza. Y nos mecemos juntas al ritmo de su llanto oceánico.

En casa se desmorona sobre el sillón de la sala. Le llevo pañuelos para que se suene. La abrazo mientras en la cocina hierve agua para hacerle un té.

—¿Por qué Celeste?

—Lo siento, mami —me sorprendo llamándola *mami*, acercándomela con el lenguaje.

Tiene ese gesto incrédulo que revela cierto terror. Tiene la voz rota. La respiración entrecortada. ¿Qué necesita? Nada. No hay deseo. Vuelve a mí esa desesperación, esa urgencia por cuidarla. La impotencia. La distancia. Y la fragmentación propia. Toma un cojín en el que hunde la cara y pienso que va a ahogar ese grito pedregoso que remueve eras geológicas de tristeza y culmina en un alarido afilado que quiebra, pero solo se encierra en sí misma.

Cuando se le acaban las lágrimas la llevo a su cama para acostarla. Se ovilla, rendida, bajo las cobijas. La tapo hasta el cuello, me acuesto a su lado para acompañar su dolor ingrávido. Dice que no sabe dónde localizárselo, cómo arrancárselo. Dice que anda a tientas por la imagen de Celeste en su cabeza. Mira hacia dentro: su corazón detenido, la sangre de sus venas en pausa.

Compartimos un rumor negro que nunca atino a nombrar.

Retrocedemos quince años en el tiempo. La misma sombra afuera. La iluminación de las farolas. Los cables que atraviesan el cielo de la noche azul. Nos miramos y reencontramos porque ya hemos estado en esta isla llamada duelo. El duelo es casi un origen nuestro.

Recuerdo cuando mi madre se metía a mi cama por las noches porque no toleraba dormir sola en la cama que primero compartió con mi padre y luego con mi hermana. El tamaño individual de mi colchón nos obligaba a entrelazarnos y a chocar con manotazos o patadas, a sobarnos y a reajustar el abrazo. Yo me afianzaba a su cuerpo con el deseo de volvernos una, otra vez. Si me despertaba, respiraba su tibio aliento de vino hasta llenarme los pulmones mientras ella miraba insomne por la ventana que, a pesar de todo, traería el amanecer. Y ahí se quedaba acurrucada, con los brazos cruzados sobre su pecho como si tuviera frío, un frío interno. Vivíamos en una noche abierta, sin horizonte. Éramos como dos huérfanas sin brújula moral, rodeadas de rosas blancas y un fantasma. Improvisando siempre el siguiente paso: qué desayunar, qué pensar, qué hacer con las horas que no dejaban de repetirse. Sin asearnos, sin ganas de sentarnos a la mesa sin Celeste. Veíamos una y otra vez las fotos, obsesionadas con su transformación: de la recién nacida hinchada a la niña lista que aprendió a decir mentiras. En ese tiempo fuera del tiempo, mi madre lloraba por teléfono cuando llamaban para dar el pésame o cuando nos visitaban y traían sopas o pan dulce, preocupados de que se nos olvidara comer. Yo lloraba en la escuela, cuando iba. Aprendí a esconderme en los baños: cerrar la puerta, sentarme sobre los excusados y administrar el ruido del llanto. Llorábamos en silencio y a gritos, en público y a escondidas, juntas y separadas, haciéndonos agua.

El llanto fue durante un buen rato el único lenguaje que necesitamos.

Nos salvó mi tía Mercedes. Un día consiguió una maestra sustituta y vino a la ciudad para ocuparse de nosotras. Descifró el funcionamiento de la casa y los mecanismos que operaban nuestras vidas. Al lunes siguiente de su llegada yo volví a la escuela, pero a mi madre la dejó dormir. Yo, que aprobaba las ciencias de panzazo y las humanidades con cierta dignidad, reprobé el año porque había faltado tanto a clases que no logré entenderlo todo para los exámenes finales. Otra vez la raíz cuadrada, las ecuaciones de diferentes grados, los ejercicios de cálculo, las coordenadas cartesianas. Y a lo largo de la repetición de ese temario buscaba revelaciones del destino y me preguntaba qué estábamos y qué no estábamos haciendo el año pasado cuando Celeste nos estaba dejando sin que lo sospecháramos.

La casa era otra al cabo de unas semanas. Luz, aire, orden, rutina, comida y ropa limpia. Mercedes sugirió que nos mudáramos a Guanajuato. Podríamos rehabilitarnos en la casa donde creció mi abuela. Nos alimentarían y no pagaríamos renta. Nos apapacharían. Argumentó que acá estábamos solas y allá estaban todas. Pero mi madre rechazó categóricamente la oferta. Se imaginó que un día yo saldría corriendo de ahí como lo hizo ella. Mercedes, como siempre, defendió su vida sin ataduras: Mírame a mí, Cat, ni esposo, ni hijos. Siempre cita a Luis Miguel: Libre como el viento, peligrosa como el mar. Pero ambas sabían lo crueles que eran todos con mi tía. La solterona, la fácil, la descarriada. Aunque a ella no le importe dar lástima por sentirse visionaria e incluso le guste protagonizar los chismes.

Una tarde, Mercedes estaba reordenando las lámparas, las cajitas, las pequeñas esculturas que componían la geografía doméstica, y despegó el papel estraza que cubría la mesa del comedor. No habíamos visto los dibujos de Celeste así, como vestigios. El papel era casi tan grande como mi tía, más bien bajita. Y a punto de arrugarlo entre sus manos, mi madre protestó en un despertar histérico. Se lo arrebató a Mercedes y lo enrolló con cuidado, como si estuviera vivo, acariciándolo.

Mi madre no quiso volver a trabajar con niños. Pero retomó sus clases en la Facultad de Psicología. Y por las noches, antes de cenar, asistía a ciertas reuniones de padres deshijados. Mercedes me dijo casi con regaño:

—¿Y tú por qué no vas a terapia de grupo para personas deshermanadas?

—No existen.

Seis meses después, Mercedes anunció que se iba. No podía ser nuestra madre eternamente. Tenía que regresar a su casa, a su trabajo y a su novio en turno. Con su partida se acabaron las canciones de Dolly Parton y Patsy Cline como despertador, música que a Mercedes le recordaba su par de años en el Texas de los setenta, cuando un gringuito se la llevó. Se acabaron las asesorías de imagen. Mercedes madrugaba para maquillarse sin prisas mientras yo dormía hasta el último momento posible. Con tal de pasar más tiempo en la cama, me vestía con lo primero que encontrara en el clóset y más de una vez mi tía me animó a elegir las prendas la noche anterior, para no pasar vergüenzas. Se acabaron las redecoraciones del departamento, incluido el altar con velas, flores y un elefantito de peluche para mi hermana. Se acabó la lectura diaria y en voz alta de nuestros horóscopos. Se acabó salir a caminar sin rumbo y terminar en el cine. Vimos *Corre, Lola, corre* y se quejó de haber pagado por ver dos horas a una flaca correr. Me llevó a ver *El gran Lebowski*, que a mis trece años apenas entendí, pero me reía cuando ella reía para que no se notara. Se acabaron las noches de pizzas caseras, los relatos de historias familiares y el recuento de sus fracasos amorosos mientras se servía nada más una copita y escuchábamos lo mismo a Chavela Vargas o Agustín Lara que las *power ballads* de Bon Jovi. Se acabaron sus alegres cantos desafinados.

A las pocas semanas, mi madre me dijo un día que empacara solo lo más importante. Dejaríamos el departamento de Uxmal. Había llegado la hora de enterrar la esperanza de que volviera aquella normalidad. Nos fuimos con dos maletas cada una, algunas cajas con libros, discos, cuadros. Y el mantel de papel estraza con los últimos dibujos de Celeste que Mercedes mandó a enmarcar y nos regaló antes de irse, y que quince años después cuelga encima de la cabecera de la cama de mi madre sobre la que me recargo para cuidarla otra vez.

Duerme a deshoras. Duerme en contra de la fuerza gravitacional de su agenda. Ni siquiera la abre. En su habitación, la luz del día se entromete por las orillas de las cortinas cerradas. Avanzo de puntitas por el departamento. Camino lento como intrusa, calibrando mi peso en la duela de madera, rogando que no cruja y la despierte. Cuando abre los ojos, gime y se retuerce como un gato. Espabila. Le llevo su café con una cucharada de azúcar y un chorrito de leche condensada. Da un trago desinteresado que parece inducirla a dormir más, como si tuviera una cita con mi hermana en sus sueños.

Admiro en secreto su bravura: mi madre no rodea la melancolía, se deja tragar por ella.

Le pongo, al menos, canciones a un volumen bajito para cortar el silencio sepulcral. Para musicalizar su viaje al reverso de sí misma.

A ratos me acepta un té o un puñado de almendras y me platica con la voz empantanada. Yo la escucho acostada en el otro lado de su cama, observando la constelación de manchas en la piel cansada de su rostro, registrando el paso de los días con el crecimiento de la raíz blanca de sus canas. Luego se envuelve en las sábanas y se gira, su peso ondea el colchón y termina por darme otra vez la espalda.

Duerme de mañana, de tarde, de noche, de congoja, de sin vergüenza, dice, que para eso está jubilada. Cuando le pregunto si extraña atender pacientes, me dice que ha trabajado mucho para no volver a trabajar. Esperando, quizá, ocupar horas y horas para cultivar a oscuras la tristeza.

Renuncia al tiempo y la acompaño en su interludio. Me quito los aretes, dos broqueles de oro con forma de estrella, con los que se casó mi madre con mi padre y que no me quito hará unos siete años, desde que ella se los encontró buscando otra cosa y se dio cuenta de que tantos años sin saber siquiera que los tenía perdidos le demostraban que no los necesitaba, y me los regaló. Me quedo en pijama, me recojo el pelo en un chongo que se endurece con la sucia grasa de mi cuero cabelludo. No recargo el teléfono celular. No visito a Silvia. No me importa que llamen del estudio de grabación. No pienso en cómo empezar de nuevo. No busco un buen sueldo. No voy a ninguna terapia. Solo le aviso a Mercedes y a Lucía que estamos ahí, encerradas. Espiro un aroma a inmundicia, una mezcla de fluidos corporales. Me crecen las cejas y el bigote. Me salen pelos puntiagudos en las axilas y las piernas. Con la piel espinosa me refugio, como mi madre, en mi propia naturaleza.

Estos días leo sus novelas de heroínas que lucharon contra su destino y escribo en mi libreta verde, con estas cursivas que remiendo y me igualan un poco a ella. Escribo desde esta cercanía providencial la crónica de su duelo.

Llamo preocupada a Mercedes para contarle que mi madre no abandona su habitación. Me entero de que estas caídas suceden. Para poder tener una vida vivible, mi madre se permite derrumbarse de vez en cuando. Desde que no vivo con ella puede hacerlo tranquilamente.

La de Mercedes, escribo, era otra valentía. Decidió ser ella misma ahí donde la querían disciplinar. No se casó con ninguno de los pretendientes que le escogieron. No le importó hablar de sus dos abortos, ambos clandestinos, porque, al contrario, necesitaba hablar de eso. Aunque corrieran los rumores y a pesar de que su madre se moría de vergüenza y lo desmintiera. Si eres Mercedes no te molesta sacar a nadie de quicio. Mercedes me enseñó a bailar sola frente al espejo. Bailamos canciones de los Kinks o de Enrique Guzmán hasta que hice las paces con mi reflejo y descubrí que quería que otros me miraran. En sus movimientos yo encontraba lecciones de coquetería. Le preocupaba que me sintiera sola e insegura, como sus alumnas, también adolescentes. Me sentía terriblemente sola e insegura y más o menos fea, pero se me olvidaba cuando estábamos juntas. Mercedes vino a la Ciudad de México y me llevó a mi primer concierto, *The Girlie Show* de Madonna. Me compró la gorra, la taza y la playera con su sueldo de maestra. Me leyó varios principios de algunos de sus libros favoritos. Se educó con el boom latinoamericano, que a mi generación le apesta a macho. Le emociona *Cien años de soledad*, pero también *El beso de la mujer araña* y *El lugar sin límites*. Mercedes tiene a la mano frases célebres como: De sentirme mal en la casa a sentirme mal en la fiesta, mejor en la fiesta. También un montón de buenos consejos: Nunca sabes cuándo lo que pasó es lo mejor que pudo haber pasado, como cuando, por ejemplo, mi padre se fue. Siempre le ha preocupado que sin figura paterna yo pervierta mis relaciones con los hombres e intente llamar desesperadamente su atención o intente desesperadamente no llamar su atención y, como sea, termine con un novio que haga de padre. Con rigor de profesora me ha explicado las causas y consecuencias de sus rupturas amorosas para que yo aprenda de su necesidad de que un hombre la valide y de su miedo al abandono y, sobre todo, para que no lo viva como un presagio. Mercedes me dio la escritura. Me dio también los conocimientos básicos del placer. Me reveló un secreto que no debería serlo: una debe hacerse cargo de su deseo. Y me animó a jugar con mi propio cuerpo.

Después del funeral de Celeste mi madre colocó la urna metálica con las cenizas en el buró izquierdo, el lado de la cama que le correspondía a mi hermana. Y mi madre durmió, por gracia de los somníferos, aproximadamente tres meses. Eligió la oscuridad, ahí veía mejor. Yo toleré su aislamiento. Compartimos una cojera interna y un resentimiento contra la vida porque somos dos personas que han visto a la muerte. Yo dormía interrumpidamente en la viscosidad de la noche. De vez en cuando me paraba de la cama y abría la puerta de su cuarto para asegurarme de que ella seguía ahí. Tenía miedo de que se fuera como se fue mi padre. Tenía miedo de que yo no fuera suficiente razón para quedarse. Esos días se abrió otro modo de vida. Una vida entre paréntesis. Me sentía como si hubiéramos despertado en otras coordenadas de la existencia y habitáramos una realidad paralela. Como si en algún otro tiempo y espacio nuestra vida con Celeste siguiera su curso.

El dolor de mi madre, me explicaba Mercedes, era innombrable: no había empatía que nos permitiera comprenderlo. ¿Por qué solo mi madre tenía derecho a parar? ¿Por qué mi madre separaba su sufrimiento del mío? Así comenzó nuestra relación estrábica.

Yo estaba dispuesta a absorber su condena. Y no me hubiera importado ser la hija de repuesto. Hubiera podido satisfacer sus fantasías maternales: una niña sana que de adulta la enorgulleciera, para que ella viviera a través de mí las vidas que no pudo vivir. Las que Celeste no pudo vivir. Pero mi madre no tenía ánimos trascendentales. Con la muerte de Celeste renunció a cierta maternidad. No depositó en mí expectativas, creyendo que así me liberaría. Y yo no he sabido qué pedirme.

Cuando empezó a salir de su habitación, mi madre contemplaba con descreimiento en la mirada. Buscaba pruebas de lo que éramos antes. Sus restos, ella misma a medio camino entre la vida y la renuncia a la vida, se arrastraban por los recuerdos de la casa. Aprendí a confundirme con el paisaje en ruinas. No importó que volviera a hacerme pipí en la cama. Si a propósito me sacaba sangre cortando la comida. Alguna vez incluso fingí un ataque para llamar su atención, pero solo recibí otra caricia compasiva en la cabeza. No importó que no comiera y adelgazara. Algo en su forma cariñosa y cansada de posar sus manos sobre mi cara, de darme con sus labios secos un beso en la frente, algo en sus ojos ojerosos al mirarme me decía que no, que ni lo intentara, que no se me ocurriera enfermarme. Aprendí a quererla sin tenerla.

Frente a la cocina, cruzando el cubo interior del edificio por donde se puede espiar a los vecinos, encuentro en el trastero un ejemplar acartonado de *Balún Canán*, cuyo lomo verde pistache recuerdo entre los objetos intocables del antiguo tapanco de mi madre. Lo abro con cuidado de no deshojarlo para dar unas respiraciones profundas y disfrutar su olor a viejo. Las páginas tienen anotaciones con dos caligrafías distintas que se atropellan en los márgenes. Alguien más estuvo ahí. El libro está firmado en la página veintisiete, eso quiere decir que a esa edad lo leyó mi madre. Para saber que son suyos, firma los libros en la página que corresponde al número de los años que tiene cuando los está leyendo. Me lo guardo bajo el brazo. Me prometo leerlo cuando llegue a esa edad. Hojeo otros ejemplares. De tanto haber comprado libros usados, tiene una buena colección de dedicatorias ajenas. Reviso también sobres de plástico que guardan actas de nacimiento, de arrendamiento, de matrimonio, de divorcio y otros contratos. Cajas de cartón con retazos de tela que envuelven antiguos ornamentos de cerámica que pertenecían a mi abuela. Encuentro un collar con dijes que mi madre compró en cada país que visitó. Una serie de figuritas de oro y plata que llegan hacia la mitad de la cadena, porque en algún momento después de tener hijas dejó de viajar. Me pongo el collar de sus planes incompletos.

El trastero es el umbral a una intimidad que sobrevive agonizante en los objetos raídos. Encuentro los álbumes fotográficos. Me guardo entre las hojas amarillentas del libro una foto en la que mi madre, con plena conciencia de su vestido fuera de época, a la Virginia Woolf, luce una tela negra floreada que hace olanes en los hombros y sonríe con los brazos extendidos, feliz de que mi padre la fotografíe, mientras yo, de uno o dos años, me aferro a su pierna izquierda y miro de reojo a la cámara. También rescato una fotografía en la que mi madre, sudorosa y despeinada, a los cuarenta y tres años, amamanta a una Celeste recién nacida, con parches en las sienes. Dejo morir ahí algunas fotos donde aparece mi padre antes de que cambiara de familia. En una de las más antiguas sale con mi madre en una fiesta, calculo que a los treinta y cinco o treinta y siete años. Ella está sentada de piernas cruzadas. Sus muy buenas piernas se extienden con orgullo, envueltas en medias de red, debajo de una minifalda. Lleva zapatos de tacón, una blusa a rayas y una boina roja le adorna el cabello. Lo mejor es un lunar falso sobre la esquina derecha de sus labios escarlata. Su mano izquierda sostiene con el dedo índice y pulgar una copa de vino blanco y su mano derecha reposa con galantería sobre la rodilla de mi padre. Mi padre, en un disfraz de jedi, la rodea con un brazo. La foto fue tomada en el exacto instante de una carcajada. Es contagiosa. Pero me obligo a no sonreír para no pensar en él y vuelve, sin embargo, la escena con la que lo recuerdo casi siempre: conduce una tarde por la Ciudad de México y me confiesa que está confundido. Siente que no puede con todo. Algo dice sobre que no le alcanza el dinero y sobre que no sabe cómo sobrellevar la enfermedad de mi hermana. Tiene un cigarro Raleigh prendido entre los dedos de la mano que mueve la palanca de velocidades. Esa mano blanca, poblada de pelos gruesos, con la que se rasca la barba. La barba que pica cuando me da un beso. Habla con rodeos de que tenemos mala suerte, mala estrella, mala vida, no lo sé. Las palabras que sí recuerdo con exactitud, en el orden preciso y con el tono turbio que las pronunció, son con las que me dice que ya no quiere a mi madre, a quien yo adoro sin límites. Es la primera vez que me siento en el asiento del copiloto y lo escucho atónita y arrepentida de haber pedido dejar el asiento de atrás.

Entre las fotos de un libro hay una postal de *Árbol de la esperanza, mantente firme* de Frida Kahlo, que contemplo por un rato. Me hace pensar en estos días encerrada con mi madre como un desdoblamiento. Mi madre yace malherida con la espalda sangrante, atropellada por la vida. Yo la vigilo erguida, al borde de la camilla, en un vestido rojo de tehuana, con el corsé en una mano, necesario para la recuperación de mi otro yo accidentado. Ella, con las cicatrices supurantes, sufre en algún rincón de un desierto agrietado sin finales, sin esquinas, como estos días. Yo la espero, superpuesta, sin total pertenencia a la escena, en la oscuridad de la noche.

Mi padre empezó a desdibujarse, lo recordábamos no a él sino al señor que aparece en algunas de nuestras fotografías. Los cuidados de Celeste no dejaron lugar para más de un desasosiego.

Yo también me quise ir, me confieso en la página. Yo también me cansé de las vigilancias de día y de noche. Yo también me cansé de los neurólogos, los encefalogramas, los fisioterapeutas, la educación especial, los ejercicios en casa. Yo también me cansé de las prohibiciones. Yo también me cansé de los calendarios de crisis y consultas. Yo también me cansé de los callejones sin salida, de no saber cuánto duraría la calma. Yo también me cansé de que mi madre tuviera otras prioridades. Y a ratos me preguntaba por qué él sí podía irse y yo no. ¿Con qué argumento mi padre empacó una maleta y salió por la puerta? ¿Yo también tenía derecho a la traición? Yo podría irme, pero nunca dejaría de quererla.

Mercedes me pide que abra las cortinas y ventanas. Mi madre necesita aire. Que la luz de la mañana atraviese la casa. Como si el viento pudiera llevarse la sombra que nos envuelve.

Hubo una época en la que Celeste ya dormía todas las noches con mi madre. Sabía que ella quería protegerme de esas oleadas de miedo, pero cuando me di cuenta de que la ropa de mi hermana ya no ocupaba ni un cajón del que era nuestro clóset, que sus playeras y pantalones estaban doblados y apilados donde antes se encontraban las camisas y los suéteres de mi padre, que sus vestidos y abrigos estaban colgados en el antiguo lugar de los sacos grises y las corbatas de colores, entendí, entonces, no solo que mi padre no volvería, también que aquella mudanza dentro de la casa era el primer paso hacia un nuevo matrimonio innombrable. Me daba celos esa relación que las mantenía como imantadas. En ese momento mi madre lo defendió ante mis reclamos como una excepción. Hasta que se cure, hasta que los doctores dejen de experimentar con Celeste. Hasta que atinen al medicamento y a la dosis. Hasta que el cuerpo de Celeste deje de ser un campo de batalla de la competencia farmacéutica.

Mi madre me abraza con fuerza: asegura su cuerpo contra el mío. Me devuelve a cuando era niña: sin saber de dónde salía, de pronto me abrazaba por detrás, como un gato que se trepa a la espalda de su humano, y me comía a besos. Yo lo disfrutaba a mis anchas, aunque fueran apapachos ocasionales. Después, mareada por la alegría, me preguntaba qué había hecho yo para merecerlo. Me suelta, desanudándose.

Acostada boca arriba, mi madre tiene la cabeza recargada en los dedos de sus manos entrelazados. Las piernas extendidas. Los ojos abiertos, pero miran hacia dentro. Me siento sobre la alfombra de yute, con la espalda recargada contra la base de su cama y sin pedirle permiso leo en voz alta el primer capítulo de *Las aventuras de la China Iron*. Me esfuerzo por abrir bien la boca, pronunciar cada letra de cada palabra, casi exagerando las muecas. Respiro con el diafragma para llegar con la voz aireada a las comas y bien entonada a los puntos finales. Quiero abrazarla con la voz. Leo sobre el polvo y la alegría del cachorro, sobre el vértigo barroso al que era arrastrado el mundo. Oigo la cama crujir cuando mi madre se gira hacia mí. Leo sobre la luz de la llanura y la navaja de Martín Fierro. Y, sin saber si mi madre está escuchando, cuando llego a que la China fue como la negra huérfana de una madre que la maltrató media infancia, me interrumpe para pedirme que repita ese párrafo.

Sale de su habitación cuando enciendo la cafetera. Acaricia con una mano mi cuello y mete dos panes en el tostador. Después se tira sobre el sofá de terciopelo azul petróleo en la sala y me dice que le haga preguntas sobre Celeste. Le digo que no. Me he prometido no desear lamerle las heridas. Me lo pide por favor. Tiene ganas de pensar en ella.

Recuerdos de mi hermana que también pertenecen a mi madre, de los que me apropio al escribirlos:

* Por alguna razón, a Celeste le daba por levantarse de la mesa de un momento a otro, dejar a medias sus garabatos y las quesadillas, el sándwich o el taco, para llamar al 030 y escuchar a una voz automática informarle la hora. Son las siete treinta y tres, reportaba. Gracias, gracias.

* A veces llamaban por teléfono y sonaba "I Just Called to Say I Love You" de Stevie Wonder. Celeste se quedaba pegada al auricular hasta que terminara la canción. Cuando le preguntábamos quién era decía que el señor que canta. Creía que un señor buena onda se dedicaba a llamar por teléfono a casas de desconocidos para cantarles.

* Alguna vez viajamos en tren a Mérida para que mi madre atendiera a un niño. Cantábamos canciones de Cri-Cri sobre el ruido del mecanismo del tren en movimiento. Mi mamá lloraba con "La patita" porque a la mamá pato no le alcanzaba el dinero para alimentar a sus patitos. A Celeste le gustaba "La muñeca fea". Salíamos a esa suerte de pequeña terraza entre los vagones y Celeste abría bien grande la boca como para tragarse el viento, hasta que el aire le secara la lengua.

* En su cuarto cumpleaños Celeste pidió un micrófono de regalo. Pensábamos que tal vez querría cantar o hablar como las personas en la tele. Cuando se lo conectamos a la bocina del estéreo empezó: Jamón, solo a quince pesos en el departamento de salchichonería.

Llamo otra vez al albergue para avisar que ni mi madre ni yo vamos. La monja que me contesta el teléfono no quiere pasarme a Silvia. No puede darle ese privilegio.

—Qué carceleras son las monjas, ¿no?

Mi madre libera un bufido afirmativo.

—Que no hay problema —aviento el teléfono inalámbrico.

—¿Tú otra vez no vas?

No esperaba esa pregunta.

—Pues no, yo me quedo contigo.

Recibo un chasquido insolente.

—¿Y tu alumna?

—Te espero. Hasta que tú también vuelvas, ¿no?

Achina los ojos, como si le costara trabajo enfocarme. Su típica aversión por el sentimentalismo y la autocompasión me dicen sin decirme *Acuérdate, Julia, tú no eres mi mamá.*

Yo quiero esconderme ahí dentro con ella. Darle juntas la espalda al mundo, por lo menos unos días más.

—¿No quieres que me quede contigo?

—No, muñequita, gracias. Yo puedo sola —me dice con una energía solo inesperada para mí. Y me da un beso en la frente. Después se estira, sacudiéndose todos estos días que a mí me parecen semanas y que voy a recordar como si fueran meses.

Otra vez nos desbandamos.

Cuando pasan los camiones por la calle, el edificio vibra y los cristales del candelabro que cuelga sobre la sala tintinean. Es importante aprender a no confundir esa vibración con los terremotos.

Oigo el chorro de agua de la regadera.

—¿Te vas a bañar?

Qué creía yo, ¿que la iba a cuidar por siempre? Siento ese viento helado que traen los sentimientos incorrectos porque mi madre se siente mejor. Y yo quiero que se sienta mejor. Pero también me gusta que me necesite.

Ya despertó, dijo mi tía una mañana extraordinaria en la que juntas observamos a mi madre sentarse a la mesa, terminarse los huevos revueltos del desayuno y repetir café. Ese día se bañó en lugar de acostarse otra vez, como lo había hecho por meses después de la muerte de Celeste, en los que durmió hasta en la vigilia. Un bucle de tiempo en el que nos acostumbramos a vivir a un volumen bajo para dejarla descansar. Yo suponía que dormir había sido su forma de morir sin morir, por lealtad a mi hermana. Así le protestaba al destino que se la quitara, asomándose a su propio final. Esa mañana el cielo estaba lleno de nubes. Ella se vistió con una falda color aceituna y una camisa blanca de corte asimétrico que nunca en su vida se había puesto. No llevaba reloj. No llevaba zapatos deportivos, solo un par de alpargatas negras tan moderadamente coquetas como el resto de su atuendo.

¿Quién era esa mujer?

Besó mi frente y luego la de Mercedes. Nunca fui de aquellos estudiantes que llegaban a clase con la huella carmín de un beso de su madre. Ella no se pintaba. Ni una vez la vi equilibrar su peso sobre un par de tacones. Pero no la había visto así, guapa, como esa mañana. Ni siquiera cuando yo era niña y recorría su piel apiñonada con mirada contemplativa, admiradora de la vastísima extensión de su cuerpo, mi primer campo de exploración. No sabía cuál era la lección de sus carnes desbordadas, pero sentía un gozo irracional por estas, como si en su ancha espalda o en sus enormes senos se revelaran enigmas.

Aunque parecía otra persona, aunque parecía distante, aunque parecía de alguien más, aquella mañana estaba hermosa. Una clase de belleza fuera de los estereotipos. Una voluntad desconocida operaba en ella. La aflicción que al principio la debilitó se había transformado en una energía que la impulsó como un motor. No hizo del malestar una ideología. Pero tampoco del bienestar. En la reinserción social de mi madre no había discursos con instructivo. No le escuché frases motivacionales. No renació en ninguna religión, ni la cegó ninguna secta. No la vi leer libros de estoicismo cotidiano. Su único rigor era poner un pie detrás del otro y no sentarse ni un minuto a descansar. A partir de ese día se dedicó desesperadamente a recuperar a la Catalina que había sido antes de nosotras. Esa fue su forma, la forma más lograda del olvido, la que le ha permitido transitar por el presente, tejer y destejer ataduras con los muertos y los vivos.

Camino de la Escandón a la Roma para asistir a una sesión individual de terapia familiar. Me convenció el comentario de un usuario en la sección de reseñas: Me ahorré veinte años de psicoanálisis por dos mil pesitos.

Me sobra el tiempo. Doy un paseo a solas por las calles con fachadas porfirianas, poco concurridas un lunes al mediodía. Es un octubre soleado con vientos fríos. Me desvío a propósito tratando de perderme para recordar espacios que hace años no caminaba. Atravieso plazas con fuentes de agua sucia y estatuas mohosas. Me acerco a cafeterías chilangas con terrazas de voluntad parisina, panaderías con cuernitos y conchas a precios de Brooklyn y nuevos restaurantes con más extranjeros que locales. Una heladería tiene un letrero que presume que no discrimina a nadie por raza ni género, sin embargo, los precios no son para todos. La novedad y la antigüedad se disputan las calles de una ciudad mitológica. Después de una tienda especializada en aceites de oliva hay oficinas ocupadas por un sindicato en huelga. Una tienda de ropa vintage, con miedo a desmoronarse en el siguiente sismo, junto a un coworking junto a una tortillería junto a un museo que esta temporada expone objetos con valor sentimental, donados por personas de todo el mundo para superar rupturas amorosas.

Toco el timbre en una de las viejas vecindades sobre la calle San Luis Potosí. La fachada está repintada de color rosa palo. Una recepcionista delgada me abre la puerta de la última casa, pasando la tercera fuente del patio interior. Me invita a sentarme en una silla tándem. Soy la única persona que viene sola.

La terapeuta sale de uno de los consultorios para acompañar hasta la puerta a una familia de tres. Van con los ojos rojos del llanto, dan respiraciones profundas de alivio, como quien pudo ahogarse y sobrevivió. Los adultos se abrazan por la espalda. De regreso, me hace una señal para que la siga. Es demasiado joven para tener la superioridad del terapeuta. Adentro, se presenta y lee mi nombre de su lista y me pregunta cómo llegué ahí, quién me recomendó, dónde están mis padres.

—Esta es una terapia familiar —pronuncia cada letra de la palabra.

El consultorio es diáfano, sin decoración. No hay libros, ni diplomas, ni reproducciones de pinturas de Picasso o de Remedios Varo, como en los consultorios que he visitado durante toda mi vida. No hay retratos ni bustos de Freud. No hay diván, solo sillas de una feísima loneta púrpura que discrepa de una mesa rústica, que resulta ser un baúl del que ella extrae una caja de zapatos y un mantel de fieltro. Mientras dispone los materiales sobre la mesa me pregunta cuál creo, en esencia, que es mi problema.

Le cuento que estuve fuera del país algunos años y me encuentro en un limbo. La sonrisa de la terapeuta se enfría y una parte de mí busca su validación. Le cuento que mi regreso ha despertado una urgencia de sentir a mi hermana muerta. La extraño, vivo con el tacto de su ausencia, un hueco eterno en el cuerpo y mientras más la recuerdo más la pierdo. Me callo que quiero todos los tratamientos habidos y por haber para recuperarla. La hipnosis, las regresiones, los delirios, los sueños inducidos, las fotografías animadas por la tecnología de la resurrección, las fantasías virtuales. Me callo que, además, me gustan las terapias, ser turista de mí misma e incursionar por todo tipo de mecanismos de interpretación.

—Me siento perdida.

—¿No sabes de dónde vienes o no sabes hacia dónde vas?

Me pide que me tape los ojos y tome de la caja un playmobil al azar, lo eleve a unos treinta centímetros de altura sobre el mantel de fieltro desplegado sobre la superficie de la mesa y lo suelte. A falta de familiares me tocan los muñequitos.

Levanto uno con casco, vestido de blanco, que representa a mi padre y cae en la orilla del área color azul marino, que, me explica la terapeuta, corresponde a la senectud. Dejo caer a mi madre y después a mi hermana. Hay que llamarles por su nombre, me corrige, no por el parentesco. Catalina y Celeste caen una después de la otra sobre el rojo de la adultez. Yo caigo al otro lado del tablero, más allá de la adolescencia color verde, dentro de la infancia amarilla. Nos pongo a todos de pie, respetando su lugar y orientación en la ruleta de mi vida. Mi hermana y mi madre más o menos cerca, se miran, me dan la espalda. Una pareja que siempre quise triangular. Mi padre en la periferia, con el cuerpo hacia las afueras de la mesa. Y yo, con el don de la lejanía, observo a los tres.

A cada uno nos toca una carta con ilustraciones al estilo del libro vaquero. A mi padre le sale el baile y cuando la terapeuta me pregunta con quién baila le contesto que con su otra familia. A mi madre le sale un pizarrón con ecuaciones matemáticas. Tiene sentido: siempre tomando notas, siempre haciendo listas y algún tipo de cálculos; siempre interpretando, evaluando a los demás. A mi hermana, una cama de hospital. Los pies abiertos de mi hermana enferma sobre la cama de metal en la tarjeta. A mí, por si todavía dudaba, me sale la carta de la vergüenza, con la imagen de una mano rosa tapándose el vello púbico.

La terapeuta cubre el tablero con sus manos cuando me propongo tomarle una foto con mi teléfono celular.

—Vas a malinterpretarlo.

Me dejo de tarea, entonces, describir en mi libreta las relaciones entre nosotros, con cuidado de no profanar lo que el tablero me ha revelado.

Cuando éramos niñas, mi madre daba consulta en un anexo del departamento de Uxmal. De sus materiales de trabajo, mi favorita era una serie de imágenes impresas en cartones con las que interrogaba a sus pacientes. Niños como nosotras esperaban su turno por las tardes en la sala de mi casa. Se entretenían con juguetes didácticos, que solo por estarnos prohibidos a mi hermana y a mí nos parecían atractivos. Las imágenes en los cartones eran personas o animales en una puesta en escena. Dos osos jalando el extremo de una cuerda contra un oso solo. Dos mujeres, una pequeña y otra mayor, cuidando a un bebé. Yo sabía que mi madre les preguntaba a los niños qué creían ellos que pasaba en esas tarjetas. Si acaso los osos estaban peleando o jugando, y por qué. Quiénes eran esas mujeres, de dónde salió ese bebé. Yo sabía que los pacientes debían responder quién ganaba o qué pasaría después con la cuerda para construir una historia delatora. Mi madre buscaba mensajes ocultos en el imaginario delirante o domesticado de aquellos otros niños, comparaba sus respuestas con parámetros que cifran una idea de lo sano que siempre se está renovando. Pero yo no quería examinar a mi hermana. Ella ya tenía demasiados doctores evaluándola. Yo quería las historias en las tarjetas. Yo quería distraer su mente y evitar que tuviera la pesadilla. Así que entraba al consultorio por las noches, tomaba a escondidas las tarjetas para contarle a Celeste un cuento antes de dormir. Susurrábamos. Nos gustaba esa pequeña, inocente desobediencia. Para no llamar la atención de mi madre revolvíamos juntas las tarjetas con la luz de una linterna. Los personajes de los cuentos eran siempre los mismos, pero el orden de los acontecimientos cambiaba según el orden de aparición. Sus favoritos eran una oveja despeinada a la que bautizó Simona y un cartón de leche con manos y piernas parecido al de "Coffee and TV" de Blur.

Algunas veces, para variar, yo envolvía mi cabello en un turbante con una toalla, modulaba la intensidad de la luz, alineábamos las tarjetas y con un mantra improvisado nos preparábamos para cruzar el umbral. Rociábamos el ambiente con el aroma talismánico de los perfumes que le robábamos a mi madre, que de todas formas ella nunca usaba. Celeste elegía una tarjeta y yo adivinaba viajes, amores, profesiones y curaciones.

Una vez que cerraba los ojos, yo hacía guardias para vigilarla hasta que me ganaba el sueño. A veces, si no me quedaba dormida, luego de un rato me pasaba a mi cama al otro lado del buró para observarla desde mi faro en espera de la anomalía.

Después de la vez que olvidé devolver las tarjetas a su lugar, mi madre las guardó con llave. Me castigó: no eran mis materiales.

Acuérdate, Julia, tú no eres la mamá.

Así que inauguramos la ceremonia nocturna de leer un solo enunciado de una edición ilustrada de *Robinson Crusoe* para que Celeste tuviera sueños diferentes. Tal vez con barcos, costas o tribus. Y, de paso, alargar el tiempo que el náufrago pasaba en la isla.

Silvia me está esperando recargada en el marco de la puerta principal. Me pregunto si intuyó que precisamente esa mañana yo regresaría. La encuentro bastante más grande. Sus senos también han crecido y aunque tiene el cabello mal amarrado en un chongo perezoso se ve radiante.

—Qué milagro, doña Julia.

Nos sonreímos cuando me acerco. Me disculpo. Le digo que llamé al albergue varias veces. Pedí hablar con ella, pero nadie me la quiso pasar. Así que esperaba que le hubieran avisado.

—No, qué me van a decir. Yo aquí, pregunte y pregunte. Y nada que me dicen. Pensé que te habías aburrido de mí, porque luego viene alguien a dar un taller o una plática y nunca regresa.

No sé cómo explicarle por qué falté. No está planeado en los modelos de trabajo o voluntariado que una pueda de pronto entristecerse y pausarlo todo. No cuentan los derrumbes sentimentales. Le cuento que me quedé a cuidar a mi madre aunque sé que hubiera sobrevivido perfectamente sin mí. Pero a veces tengo que darme importancia. Omito que mi madre ha estado recordando a mi hermana. Omito que fui yo quien la obligó a recordar y a colapsar. Le digo que siento que tengo que vigilarla para que no le pase nada. Pero no le digo que cuidándola me engaño: así me obligo a ser fuerte, desplazo mi duelo a su cuerpo.

—Híjole, no sabía. Ni te preocupes —me responde Silvia, con las manos entrelazadas, apoyadas sobre su vientre, como una embarazada veterana—. Qué bueno que puedas cuidar a tu mamá.

—Cuando se deja.

—Tan fuertota que se ve, ¿verdad?

Entramos a la casa por la cocina para que yo me lave las manos, sucias del metro, en el fregadero. En la pared hay un calendario de la semana en un pizarrón blanco que indica, con diferentes colores, los quehaceres para cada una. Una chica embarazada que nunca había visto y que Silvia me presenta rápidamente como Juani está picando cebolla y jitomate. Buenas. Buenas.

¿Estar aquí dentro me ubica del lado equivocado de la lucha?

Nos servimos agua de tamarindo de un jarrón de vidrio. Ya en el comedor, me vibra el teléfono en el bolsillo trasero de los pantalones. Un mensaje de mi madre reporta que ha llegado sana y salva a Guanajuato, donde se refugiará unos días.

—¿Tú cómo estás? —pregunto al sentarme.

—Bien —Silvia responde como si no hubiera de otra.

—¿No has tenido antojo de cumbias?

—Bueno, eso siempre, pero ahora de las malas.

Recuperamos una dosis calmante de cercanía. Una sensación no complicada de alivio. Me siento culpable y egoísta lo mismo por haber faltado que por sentirme tan bien de estar con ella.

—¿Cómo está? —señalo su vientre, aguantándome las ganas de sobarlo.

—Parece que bien —se mira.

—Vienen doctores a revisarlas, ¿no?

—Unos estudiantes de doctores.

—¿Y no extrañas salir?

—Pues el otro día sí salí a unos laboratorios. Estuve ahí toda la mañana para unos estudios que te sacan sangre muchas veces cada tantas horas. Le queda a una el brazo como coladera. Y ahí sí dije Ah, no, pues ya ni me acordaba de que estaba en la capital. Se le olvida a una dónde mero está, pues, por los muros.

Ojalá pudiéramos caminar juntas por aquí. Sin siquiera ir muy lejos, por las calles adoquinadas de este barrio donde nos mirarían hacia abajo. ¿Las monjas pensarían que me la voy a robar? Que si un día nos dejan salir a dar la vuelta me la llevo a mi casa con todo y bebé, y quién sabe quién de los dos les importe más.

—Y, no manches, ese día a Rosario le dijeron que su bebé no viene bien.

No sé cuál de ellas es Rosario. No recuerdo a ninguna chica de lentes de armazón rojo. Recuerdo a una rubia, a una con el pelo rosa, a una alta y flaca con acento hondureño, a la chica con las arracadas. Silvia me cuenta que tal vez tienen que operarla. Un grupo de especialistas puede atravesar la piel del vientre de Rosario con unas pinzas delgadísimas que cruzan la barrera de la placenta hasta el interior acuoso donde flota el bebé.

—No sabía que eso se hacía. Ojalá que sí lo curen.

—Ay, sí —Silvia agita la mano derecha, alarmada—. Si el mío sale mal —se cruza de brazos, se toma un momento para pensar mirando el techo y luego me ve con una seriedad que no le conocía— yo creo que me lo quedo.

Es la primera vez que pienso en Silvia con un bebé en brazos. Deja de ser una mujer que volverá a su casa para retomar su rutina de ama de casa involuntaria, que encontrará la manera de sacarse a escondidas la leche acumulada en sus senos, hasta que su cuerpo, todavía materno, deje de producirla.

—Porque enfermito nadie lo va a querer.

Otra vez tendría Silvia que crecer de golpe, ahora para ser madre de un bebé que precisa cuidados especiales, como Celeste. Quiero decirle que, si por alguna razón decide quedárselo, yo podría ayudarla.

Le digo que no había pensado en que no todos los bebés son elegibles. Pienso en que a Celeste no la hubieran adoptado.

—Pues todo depende, si el bebé viene bien, pues ya está de gane. Este mide lo que debería medir y pesa lo que debe pesar. Tiene sus huesitos, tiene todos sus órganos, no le falta nada. Su corazoncito bombea a su ritmo correcto… Y eso que me dijeron que mi útero no está bien maduro todavía, ¿eh? Pero luego también dicen que a sus papás les tiene que gustar, porque escogen, ¿verdad? Yo me imagino que no es muy diferente a cuando alguien no quiere un perrito. Nosotros tenemos tres y cuando la Loba tuvo a sus hijitos unos quisieron unos luego luego y otros no, porque no eran de su agrado.

Dejamos pasar un silencio, esperamos a que se vaya.

—Oye, ¿tú te acuerdas en qué nos quedamos? Aquí no traigo el cuaderno que me regalaste.

Ni Silvia ni yo nos acordamos de cuál fue la última palabra que estudiamos. Va por su bolsa de plástico y al abrir la libreta roja encontramos planas de una de las últimas palabras que aprendió. Decenas de veces repetida la palabra *carta*.

¿Habrá desfilado entre los pensamientos de mi madre el dilema de abandonarnos? Si mi padre se cansó y desapareció, ¿lo consideraría ella también? Ni Celeste ni mi madre ni yo vimos el punto de quiebre de mi padre, cuando se transformó en su propio contrario, primero capaz de cuidarnos y después de dejarnos. ¿En la negrura de la desesperación de mi madre se habrá asomado esa tentación? La recuerdo agotada, pero solo la veía como una madre: ese era su trabajo. No sabía si se sentía sola, miserable o envidiosa de la vida de las mujeres sin hijos o con hijos sanos. Sé que a veces, cuando todo la rebasaba, le pedía a Mercedes que nos cuidara para irse a caminar al bosque. Y no sé si alguna vez consideró por un instante no volver.

Mi amiga Lucía me recuerda que una compañera decidió vender sus óvulos en Nueva York. Le pagaron una compensación menor por ser latina. Las mejor pagadas son las mujeres rubias inscritas en universidades de prestigio. Lo hizo tres veces en su vida antes de cumplir el límite de edad y así pagó su maestría. Aquella amiga nos explicó que la venta de óvulos es una industria millonaria y el pago no era por los óvulos sino por las molestias que ocasiona el proceso en el cuerpo: inyecciones para estimular la producción en los ovarios; el desajuste hormonal, físico y psíquico; los constantes ultrasonidos, la cirugía de extracción, la terapia que tal vez sí o tal vez no necesites después, si acaso en unos años te preguntas en quién se habrán convertido tus óvulos.

Llevo al albergue un rotafolio con sílabas para colorear. Rellenamos cada letra con diminutas repeticiones de la misma, mientras pronunciamos, como rezando, su sonido.

Silvia llena moldes de letras mayúsculas y minúsculas. Se sale de los márgenes. A diferencia de otros estudiantes, a ella no le preocupa la imperfección. De pronto se endereza, sorprendida:

—La *b*, *p*, *q* y la *d* son la misma.

Le cuento que Celeste decía que la *p* se cree mucho y no se lleva bien con la *o*: la envidia por ser redondita perfecta.

—La *b* está embarazada. Como yo. ¿Quién fue? —Silvia sonríe y golpea con el puño sobre la mesa.

—¿Qué?

—¿Quién embarazó a la *b*?

Miramos al resto de las letras buscando al culpable.

—Es cierto que está embarazada, tampoco me había dado cuenta. Y mira que sí se le nota.

—Igualito que a mí.

Dibuja unos ojos bien abiertos en la panza de la *b*.

—¿Ya patea?

—Uy, cada vez más.

—¡No lo sabía! ¿Cómo se siente eso?

—Mmm, no sé —Silvia se da golpecitos con un color amarillo en la panza—. Es bien raro, pues. Como que está ahí solito. Quién sabe qué hace, pero anda de aquí para allá.

Ella esquiva mi emoción. Cambia los lápices de colores. Elige con cautela uno para cada letra, los combina. Pero me deja, eso sí, observarla. Y yo aprovecho como un parásito la oportunidad porque no quiero perdérmela. Su cabello bien peinado en una cola de caballo. Los ojos cafés clavados sobre la hoja. La sombra de sus pestañas rectas sobre su rostro abstraído en la ruta de las líneas. Se muerde el labio inferior a manera de letrero: *Favor de no interrumpir*. Sus senos ahora inmensos, escondidos detrás de la holgura de su blusa. Abajo, se pronuncia el segundo cuerpo.

Dicen que algunas células del feto se quedan circulando en la sangre de la madre. Aunque se separen, seguirán tocándose de alguna forma. Dicen también que el óvulo que fuimos estuvo en el vientre de nuestra abuela. Aunque se separen, hay un linaje.

Le pregunto si las patadas le parecen un mensaje táctil. Silvia arruga la cara y se estira. Se peina los pelos de las axilas.

—¿Un qué?

—Como un mensaje —tamborileo los dedos sobre la mesa—, con sus movimientos.

—¿Un mensaje que dice qué o qué?

—No sé… ¿Hola?

—Este… No se me hace. Yo creo que es porque los bebés se retuercen. ¿Qué nunca has visto un bebé?

—Sí —aunque hace realmente mucho tiempo que no veo un bebé—. Mi madre cuenta que cuando nació Celeste me acercaba a olerla y la acariciaba, pero que cuando nadie me veía, le pegaba.

—Si serás celosa, Julia. ¿Ya ves cómo eres?

Dibujo el cuerpo de Silvia. Crece semana a semana. Es cada vez más evidente que la habita ese alguien más por quien ya no está sola y que pareciera robárselo todo: los nutrientes, las energías, los planes, los pensamientos. Tacho lo de dárselo todo y lo reemplazo por A quien ella ha decidido dárselo casi todo. Circulo decidido y trazo una flecha dirigida a un comentario en los márgenes: ¿realmente lo ha decidido?

Dibujo una silueta dentro de su vientre. Dejo la libreta y coloco una almohada debajo de mi playera. Quiero saber qué es lo que siente. La conexión orgánica.

A la edad que adivino que tiene Silvia yo quería ser doctora. Me propuse entender lo que nadie sabía explicarme: por qué mi hermana acabaría perdiendo la vida. Quise saber cómo funciona el cerebro, cómo da órdenes, cómo se descompone. Más que aprender de sinapsis y neurotransmisores, aprendí sobre las primeras interpretaciones de la caída. Se creía que eran un signo profético. Los *poseídos* hacían contacto con lo divino; veían el futuro y tenían, entonces, una gran responsabilidad de advertir de los peligros a su comunidad. Empecé investigando secuencias de funciones fisiológicas que controlan el movimiento, la postura y el equilibrio. Terminé leyendo mitos y novelas como *Hijos de la medianoche* de Salman Rushdie, cuyos personajes telepáticos me recordaban a Celeste por su cuerpo desbocado. Me leí libros de casos neurológicos, como *La historia de mis nervios* de Siri Hustvedt, donde encontré a mi hermana en las crisis y a mí en su incomprensión. Mi hermana fue tratada con música de Mozart y amé *Musicofilia* de Oliver Sacks. Me gustaba mucho *Despertares* porque el letargo de Celeste duraba días y yo quería que un médico como él, o como Robin Williams, nos la reviviera. Quise ser doctora, pero me interesaron más las historias que brotan de la enfermedad. Un día, mi primo médico me llevó a urgencias para que observara cómo trabajan. Quería ser mi mentor y yo su discípula, pero al primer paciente que entró por la puerta, un albañil con la pierna abierta por una sierra, quise más bien acompañarlo. No me dio miedo la sangre que encharcaba la herida, ni las capas de músculos deshilachados, pero no puse atención a la curación. Le ofrecí mi mano al señor y conversamos entre gritos repentinos hasta que le cosieron la piel.

En el estudio de grabación estoy leyendo *El libro de Aisha* de Sylvia Aguilar Zéleny. En la novela, la hermana de la protagonista desapareció después de enamorarse de un musulmán y convertirse al islam. La narradora está escribiendo sobre su hermana. Quiere recordar quién era antes de su conversión. Antes de desconocerla, para apropiársela. Le aconsejan: Escribe, está bien, pero escribir es solo la mitad del camino. La otra mitad tienes que recorrerla tú. Me hace sentir que ningún duelo es de facto solitario. Ninguna ausencia está inconexa. Y que para la recuperación no hay otro camino que el del engaño voluntario.

Veo a Silvia y pienso cómo es más cuerpo y menos palabras. Pienso en su transformación como un presente en sí mismo, en la metamorfosis como una forma de vida, lejos de los opuestos que la limitan. Creo que solo puedo entenderla con el lenguaje y, aunque no quiero obligarla a que lo viva también en mis términos verbales, le pregunto cómo va el embarazo.

Me sonríe con un poquito de hartazgo.

Le devuelvo una sonrisa cínica, mostrando todos los dientes.

—Mira, aquí te van a decir que es rebonito. Pregúntale a Estelita, hasta agradecida está.

—¿Se lo va a quedar?

—Dice que no, que ella ya tiene muchos hijos y que no se da abasto. Y yo la entiendo. Pero si tanto quieres saber, le preguntamos.

Antes de que le diga que no, Silvia ya está gritándole a su compañera:

—¡Estelita! ¡Estelita!

Ninguna de las mujeres en el jardín voltea. No hay nadie en la sala, ni en el recibidor.

—¡Estelita! —Silvia da unos gritos cada vez más fuertes.

Una monja demasiado guapa para ser monja se apresura tanto como su hábito se lo permite para regañarnos. Como a dos niñas pequeñas nos dice que cómo es posible que gritemos cual salvajes. ¿Que no nos importa perturbar a las demás? ¿Y si alguna está durmiendo?

—Pues que no sea floja —murmura Silvia—. Si ya es bien tarde.

Como Silvia se encorva para impedir que se le escape una buena risa y se queda repatingada en su silla mientras la monja, con mirada oponente, erguida como de concreto, toda ella hecha un convento, termina de regañarnos absurdamente indignada, yo no tengo más remedio que levantarme y con las manos apoyadas sobre la mesa le pido disculpas con una diplomacia de emergencia. Pido perdón por el escándalo, a nombre de las dos.

—No vuelvan a gritar —la monja se va cuando la que supongo que es Estelita llega por atrás, desde la cocina.

Silvia y yo nos damos la mano por debajo de la mesa, todavía en el oleaje de la carcajada.

—¿Qué? —pregunta Estelita con los puños en la cintura.

—Siéntate, amiguita. Aquí mi maestra quiere hacerte unas preguntas.

—No, no. No te molestes.

—Sí, sí, sí —Silvia da órdenes con un movimiento hacia arriba y hacia bajo de la mano—. Siéntate.

Se sienta al lado de Silvia y noto entre ellas una suerte de camaradería. Estelita es una mujer que quizá le dobla la edad. Es alta como mi madre, mira desde arriba. Su piel pálida acentúa las sombras que rodean sus ojos. Tiene el pelo rojizo como entintado y lacio, corto hasta la barbilla. Tiene la voz de quien ha fumado toda su vida, pero no tiene piel de tabaco.

—¿Para qué soy buena?

Silvia me mira:

—Órale. Te están esperando.

—Bueno, yo me llamo Julia —le extiendo mi mano y ella me da un apretón entusiasta—. Y vengo aquí a darle clases a Silvia —Silvia corrobora la información—. Y estábamos platicando.

—Ajá, ¿qué más?

—Y yo me preguntaba cómo es para ti dar a tu bebé.

Silvia echa la cabeza hacia atrás como si la pregunta la hubiera empujado. Me mira con los ojos enormes: ¿cómo me atrevo? La pregunta que me sale de la boca no es la pregunta que acordamos. Rodea, cariñosa, con su brazo a Estelita y recarga la cabeza en su hombro.

—¿Para mí?

Asiento con la cabeza. Me estoy dando cuenta de lo invasiva que es mi pregunta. ¿Cómo se me ocurre meter las narices al más íntimo de los procesos sin el cuidado de no perturbarlo? Silvia empieza a morderse las uñas pintadas de amarillo.

—¿Y yo por qué?

—No respondas, por favor. No sé por qué estoy preguntando.

Estelita ocupa el espacio de una manera más cautelosa. El cuerpo de Silvia no pide permiso, es libre ante los demás. Estelita se sienta derecha y junta las piernas. Hay un protocolo secreto. Respira con conciencia. Une las yemas de los dedos de sus dos manos, creando una estrella que se abre y se cierra mientras piensa.

—No sé —Estelita se peina las cejas con el índice y el pulgar—. Yo siento que —da un suspiro como quien va a aguantar la respiración—, que este hijo que Dios me mandó va a crecer mejor con una familia que pueda darle muchas oportunidades. Yo digo que por eso es que me embaracé, para que pueda una familia tener hijos. No sé si sabes, pero hay mucha gente que no puede. Un titipuchal de mujeres que nada que se embarazan y una que sí puede, pues…

Miro de reojo a Silvia, que se arranca el esmalte de las uñas con los dientes.

—¿Tú querías darle un hijo a otra gente?

Noto que Silvia dice *un* y no *tu hijo*.

—O sea, no. Primero pues es que yo no lo sabía —Estelita se cruza de brazos—. Digo, no es que yo lo quisiera así. Primero no lo pensamos, pues. No.

—¿Tienes novio? —pregunto.

—Estoy casada.

—¿Y te crees mucho? —pregunta burlona, Silvia.

La pateo por debajo de la mesa. Estelita saca un poquito la lengua.

—Y ya luego me di cuenta de que sí, yo no podía… porque de veras que no podemos, eh.

Lejos de sentirse incómoda Estelita responde decidida, reafirmándose en sus respuestas.

—¿Te puedo hacer otra pregunta? ¿Cuándo lo decidiste?

Estelita lo piensa un momento, me mira sin ningún gesto que yo sepa interpretar.

—¿A los cuántos meses? —pregunta Silvia, como con miedo de mirar a Estelita a la cara.

—Como a los seis, yo creo.

Las tres nos refugiamos en la hoja de papel que Estelita ha estado rompiendo en pedacitos. Pronto será la hora de la comida.

Escuchamos la cerámica de los platos que alguien apila en la cocina, el tintineo del metal de los cubiertos.

—Pero —el ánimo vuelve a Estelita— quién diría que lo que para una es una dificultad, para otra es una bendición. Entonces, ya para mí también es una bendición, ¿verdad?

Estelita da un volantazo para cambiar de tema:

—Tú eres la hija de Cata, ¿verdad? Con razón te gusta hacer preguntas.

—¿Ella hace muchas?

—Uy, una tras otra. Nomás te faltan los lentes y el cuaderno —Estelita levanta las cejas y hace como que toma nota en la palma de su mano—. Ah, no, mira, si ahí lo tienes.

—Cata siempre pregunta: ¿Y tú por qué crees que te sientes así? —Silvia imita la voz nasal de mi madre.

—Ajá, ajá… O, ¿y esa culpa que tú sientes, sí de veras es tuya o será de alguien más?

—Ándale, sí. Eso de que una se achaca los problemas de los demás le encanta, ¿eh?

Reconozco eso de las culpas equivocadas. Me imagino a mi madre con sus lentes amplios de armazón dorado, sentada de piernas cruzadas en esa misma silla, apuntando lo que estas chicas le confiesan, subrayando las frases que dicen, trazando un mapa de sus necesidades claras y ocultas, distinguiendo entre las preguntas irrespetuosas, las preguntas prudentes, las preguntas prohibidas pero correctas, y encontrando el mecanismo para manifestarlas sin articularlas. ¿Cómo le preguntaría mi madre a Estelita cómo se lleva ahora con su hijo?

—Pero, Estelita, ¿tú qué sientes —pregunta Silvia— de dar al bebé?

—Pues como dice Cata, tienes que estar lo más segura que puedas. Yo sí estoy segura, porque yo siento eso, amiga. Que me toca conseguirle una vida buena, buena. Que yo puedo hacer muy feliz a otra familia. Que el Señor quiso que yo le diera un bebé a una pareja, que sean pues responsables, buenos papás, todo eso.

—Sí —interrumpe Silvia—, yo también pienso eso.

—Buenos, ¿cómo? —pregunto y Estelita me mira como si mi pregunta fuera absurda.

—Ay, pues una familia, pues, no sé, primero, que lo quieran muchísimo. Luego, que no sea de las que se la pasan peleando, tranquila —se le ilumina el rostro—, yo digo. Que le puedan comprar su ropita y sus juguetes, que lo lleven a la iglesia. Y a la escuela. Una buena escuela, donde sí aprenda. Como tú. Tú estudiaste y toda la cosa, ¿no?

—¿Ustedes los van a conocer?

—Creo que como una quiera. Dicen que es bueno que una entregue al niño. Yo supongo que ahí una se da cuenta de si son buenos o no tanto —ondea la mano—, pero, pues ni modo de andarlos vigilando.

—Yo creo que sí vas a hacer muy feliz a una familia —apunta Silvia.

—Sí, ¿verdad?

—Claro que sí, Estelita. A ese niño le va a ir rebién.

—¿Es niño? —pregunto.

—Yo le digo Carlitos.

Estelita empieza a acariciarle el pelo a Silvia:

—Aquí mi amiga no quiere saber.

Los días que mi madre está en Guanajuato duermo en su casa. Acostada en su cama de mil almohadas veo en la televisión un documental que muestra los resultados de haber monitoreado a diferentes parejas con recién nacidos, desde el parto hasta la primera infancia. Apunto en mi libreta, para después contárselo a Silvia y a Estelita, que los padres adoptivos segregan tanta oxitocina como los biológicos al alimentar al bebé, al cargarlo, al calmarlo, al limpiarlo. Descubro también que el origen químico del amor es el mismo origen químico del miedo. Es resultado del compromiso de proteger. Ese baile paralelo de hormonas reabastece al cerebro conforme se cuida, en un ciclo de cercanía. Me recuerda la dupla de amor y temor que sentía por Celeste.

El teléfono suena. Los apegos intermitentes de mi madre. Para no preocuparme después por dejar su casa inmaculada, le confieso que la he estado habitando deliberadamente. Ella lo sabía. Por cierto, no sabe si volverá para nuestro cumpleaños. Podría quedarse allá con el pretexto de que nunca celebra con ellas.

En aquella casa en lo alto de la avenida Paseo de la Presa, en Guanajuato, todavía vive un trío de sus tías mayores, a las que llamamos *las abuelas*. La casa tiene siete habitaciones que abrazan un patio central en ruinas. Ahí las abuelas se echan en unas tumbonas a platicar mientras los canarios enjaulados pían y las plantas trepan por columnas manchadas de moho. Es un pequeño palacio abierto para quienes vivimos apretados en departamentos a los que no entran los cielos de la ciudad. Es una casa de las de antes, con fotografías bicolores y brumosas donde las personas se van borrando. Me hace un resumen de una idílica rutina de comidas, paseos y borracheras, en la que mi madre vuelve a ser hija. Me da un reporte con pocas pero suculentas novedades de las abuelas. Han estado hablando de antiguos amores imposibles. Me cuenta que descubrió que a la tía Ofe le prohibieron casarse con quien ella quería. Se la llevaron de la ciudad, que en ese entonces era un pueblo extenso, para evitar que huyera con él. Y, después de eso, mi abuela se escapó con mi abuelo antes de que cualquiera pudiera siquiera sospechar que se gustaban.

—¿Por qué nunca te lo contó?

—¡No lo sé!

—Ay, quiero estar ahí escuchándolas. Grábalas para que no me pierda sus historias.

—¿Para robártelas?

Hago una pausa.

—Sí, también.

Hace una pausa.

—Bueno. No sé cómo se hace, pero le pregunto a Mercedes.

Me cuenta que Mercedes le bajó la aplicación con los audiolibros que leo y mi voz está presente mientras cocinan. La tía Irene dice que si puedo grabar *Los recuerdos del porvenir*. Es su favorito y sus ojos ya no leen.

Me pregunta por mi alumna. No sé qué le preocupa más, si Silvia o mi disciplina con ella. Le cuento de nuestra conversación con Estelita. Y le pregunto qué ocurre con los cuerpos maternos deshijados. Uso, sin proponérmelo, el término de su antiguo grupo de padres en duelo. Me informa que los senos dejan de producir leche si no hay bebé que mame. A veces, en el hospital, les dan una pastilla que disminuye la progesterona en la sangre y baja la producción de ese tejido blanco y vivo. El útero se contrae. Las caderas se cierran. El cuerpo vuelve a adaptarse, aunque recuerda. Le pregunto qué tan difícil será para ellas renunciar a sus hijos. Me cuestiona: ¿por qué me preocupa? Me enojo: ¿por qué me responde con una pregunta?

—Y eso que no eres madre.

—Pero no tengo que ser madre para imaginar su proceso.

—No siempre es doloroso. Por eso trabajamos la despedida con anticipación, para que cuando regresen a su casa, o si se van a otro albergue en lo que echan a andar su vida, sepan cómo seguir.

—¿Las dejas solas en el puerperio? —estoy segura de que le sorprende que conozca la palabra.

Mi madre responde con un seco sonido afirmativo.

—¿Has estado leyendo sobre maternidad? —pregunta con esa ternura que me infantiliza.

—Sobre madres, digamos, huidizas.

—Ajá…

—Madres que se van a Guanajuato con sus tías y dejan a su hija.

Le saco una risita.

—No me busques en libros. Aquí estoy.

—Pero no estás.

—Pero sí estoy. A mi manera.

Hoy hay neblina y parece que el cielo ha bajado. Mientras Silvia repasa sustantivos sencillos de animales, yo saco mi libreta verde de mi mochila. La apoyo en mis piernas, a escondidas de ella. Mira de reojo mis garabatos.

—¿Qué tanto haces en tu cuadernito ese? —me pregunta mientras escribe *maleta*.

—¿Me estás vigilando?

No le diría que escribo sobre cómo el cabello despeinado le tapa la cara cuando se dobla hacia su hoja o que asoma la punta de la lengua por una esquina de los labios cuando se le complica el juego para armar que es el lenguaje, o que intento describir cómo se limpia su voz cuando suspira. Porque de Silvia escribo desde las mutaciones de su cuerpo hasta sus cambios de ánimo. Tomo nota de sus frases y silencios. Mi escritura es la máquina disfuncional para leerle el pensamiento. No le diría que incluso tiene su propia sección entre las mujeres de mi libreta. Que archivo sus planas e ilustraciones, porque a veces, especialmente cuando sé que algo va a terminarse, lo registro para retenerlo.

—Tú me estás vigilando.

En estos días pienso en *Memoria*, un libro de Bernadette Mayer que primero fue una pieza de arte setentera con paredes enteras cubiertas de recuerdos. Con un impulso de apropiación parecido, Mayer coleccionó fotografías lo mismo de sí misma que de amigos, estaciones de metro, platos sucios, plazas, cañerías y atardeceres. Tenía una urgencia por documentar la totalidad. Tenía una resistencia a soltar aquello que compone lo mundano. Lo fotografió todo y lo describió todo en un diario riguroso. ¿Al compartirlo se sintió, por fin, menos sola? Ella no confió en el recuerdo, solo en el testimonio. A lo suyo lo llamó un *experimento de ciencia emocional.* Pero lo mío no es una miríada de lo importante y lo irrelevante de la cotidianidad, aunque sí una voluntad de repetición. Repetir la vida hasta convertirla en una epifanía, sin otro criterio de selección que la escritura a mano. La mano toma sus propias decisiones porque no puede escribirlo todo. Y de escribirlo todo, pienso, no habría tiempo para la experiencia. Así que guardo la libreta de inmediato para no distraerme en interpretar a Silvia de ninguna manera. Y simplemente observarla. Y me esfuerzo para que el instante adquiera permanencia.

Estoy en una casona prácticamente vacía, con una señora que camina descalza en una falda larga y se presenta como mi acompañante mientras cuenta gramos de un polvo grisáceo en una pequeña báscula. Me dice que estoy en el lugar correcto. Me dice que no tenga miedo y acerca una pipa a mi boca. Me pide que exhale y el humo blanco nubla mi mente hasta oscurecerla. En la cuenta regresiva, antes de llegar al número seis, las líneas rectas ya ondulan como en las películas que retratan la psicodelia. Me acuesto sobre un colchón de plástico azul al centro de la sala de la casa. Siento una caída súbita. No hay tiempo para el vértigo. Un coro de carcajadas feroces, que no sé si me pertenecen, se alegra de verme caer. Me deslizo por el abismo hacia un mundo fuera de este mundo, sin el peso de mi cuerpo, ahora etéreo. Sin el peso de mi nombre, ahora impronunciable, porque a donde voy ya no existen las palabras. Todas las lenguas están muertas. Desciendo hacia la locura. No encuentro el aire, me ahogo. Una voz aterciopelada me dice: Si sientes que te vas a morir, inhala y exhala. Abro los ojos y me incorporo de golpe. La vibración traidora de las paredes. La sinuosidad de las repisas. Los adornos con vida propia. La desconfianza de lo conocido. Me arrepiento: no debí haberme ido tan lejos. No estaba preparada, le digo entre escalofríos, a la mujer desfigurada. No sabía a lo que venía. Nadie está listo, responde con sus labios animales. Su voz me traspasa y la escucho agotarse más allá de mí, desapareciendo en mi interior ahora sin la contención de la piel. Respira, me instruye, respira. Respirar es la última tradición que me une a este mundo. Me dejo absorber por la oscuridad. No hay límites. La soledad insondable. Grito, pero no por la garganta. Mi versión privada del infierno. Estoy aterrorizada. He muerto. Un silencio profundo. Encuentro al otro lado de la vida a Julia. ¿Dónde estabas?, te extraño, me digo en ese desdoblamiento fundacional. Descubro que mis miedos son solo capas inmateriales que puedo atravesar. Me dirijo a la causa, pero es invisible. No hay tal. La oscuridad de un momento a otro se ilumina. Vuelven las sensaciones corporales con una estela de novedad. Estoy inaugurando mi cuerpo. Estoy divinamente renaciendo. La reapropiación de este cuerpo que estreno me permite enderezarme y abrir los ojos. Debí haberle avisado a alguien que me iría incluso más allá del pensamiento. Sentada, después de una sensación orgásmica, vomito y vomito. El universo se expande a través de mí. Soy una vasija para el flujo cósmico. Mi vómito, una galaxia de colores y perdones. Allá van mi madre, mi hermana y mi padre. Me vacío para llenarme de amor, que para eso vine a este mundo. Las líneas delimitan las formas y figuras de los objetos, las personas han recuperado su definición. Soy capaz de mover mi cuerpo, de reconocerme después del naufragio.

Puedo escuchar los sonidos propagarse por el aire. Mi respiración está sincronizada con la voz de la tierra. Inhalo la luz amable del mediodía. Camino por las banquetas encharcadas. Me detengo afuera de los cafés y las tienditas, los restaurantes. Me siento enamorada de todas las personas sentadas frente a mí en el vagón del metro. Saludo con un abrazo no solicitado al portero del albergue. Silvia me espera en la entrada, como ya es costumbre. Tengo ganas de contarle que siento los poros despiertos, como si me hubieran cambiado la piel vieja por una fresca.

—¿Qué te traes? —se cruza de brazos, estirándose la playera que ahora le queda pequeña y despunta sus pezones.

Sonrío sin vergüenza. Quiero contarle que esa mañana me levanté temprano para ir a fumar el veneno de un sapo norteño en casa de una desconocida en Coyoacán. Quiero contarle a Silvia que me siento como nueva y ella me parece más hermosa que nunca.

—Es mi cumpleaños.

—¡Felicidades! —me abre sus brazos y me lanzo sin dudarlo a ellos. La abrazo de lado porque su vientre es un escudo que la protege. En su cuerpo el paso de los días se hace palpable. El tiempo es la panza de Silvia. La abrazo más fuerte y más segundos de lo prudente. Siempre soy la que abraza de más, pero no me importa. Cuando no sabe qué hacer conmigo, me da unas palmadas en la espalda, que igual agradezco.

—¿Y qué vas a hacer? —su voz grave y sensual se escurre por mi cuerpo.

—Creo que no necesito hacer nada.

—¿No vas a verte con tus amigos?

—Puede ser…

Levanta la cara y se rasca el mentón.

—¿Tienes novio?

Niego con la cabeza.

—¿Un amante? —recarga su codo en mi hombro.

—¿Y, tú, qué sabes del papito?

—¿Y cómo voy a saber lo que sea si no puedo salir de aquí?

Me pide que la siga y camino tras ella hacia la cocina vacía. Es más grande que mi azotea y tiene una loza menos rota y menos sucia por las orillas. Podría vivir en esa cocina.

—Hoy es el día de una virgen, no me acuerdo cuál, y casi todas se fueron en la camioneta a la misa.

—¿Por qué no fuiste? —me quito la mochila, la dejo sobre la encimera y me siento en uno de los bancos altos de metal.

—No, cómo va a ser, si yo tengo clase contigo. Lo malo es que luego las llevan por un helado.

—Yo te traigo un helado la próxima vez.

Desde el interior de la alacena me pregunta si me gustan las galletas Marías, los panes con mermelada, las almendras o la miel. Me conmueve que busque cualquier dulce para festejarme.

—¿Puedo hacerme un té?

—Sí, estás en tu casa.

—¿Cómo te fue en el chequeo? —abro y cierro las puertas de los gabinetes.

—Bien. Pero, híjole, con quien me gustaría hablar es con tu mamá. ¿Qué ya no va a venir?

—¿Tú te veías mucho con ella?

—A veces. Bueno, veía más a las que están más cerca de su parto. Y yo, como verás, voy que vuelo.

—No sé cuándo regrese, la verdad.

—Hija de su… que no nos abandone.

—Uy, pues, a mi mamá hay que saber dejarla en libertad.

No recordaba que antes de que naciera Celeste mi madre de pronto se iba. Decía que necesitaba estar sola. Me prometo escribir que a veces se iba toda una semana. A veces quería estar lejos y visitaba a mi tía Mercedes en Guanajuato. Después de que se fue mi padre, de pronto nos íbamos las tres juntas para que con tanta familia mi madre no criara sola. Pero siempre acababa harta de esas *viejas conservadoras* a las que siempre regresa.

—¡Tarán! —Silvia sale de la alacena con un par de cuernitos Tía Rosa y dos velitas de colores.

—Hoy no vamos a trabajar porque es tu cumpleaños.

Suelto una carcajada.

—Un poquito —le sirvo una taza de té de menta. Ella pone los cuernitos sobre un plato floreado de cerámica.

—Solo tenemos dos velitas, ¿cuántos cumples?

—Con una es más que suficiente.

Silvia engurruña los ojos, creo que para adivinar si no le quiero decir mi edad.

—Órale, pues.

Con sus dedos delgados y sus uñas pintadas de morado, Silvia clava la vela en el cuernito.

—No le vas a poder morder, está bien duro.

—¿De qué quieres hablar con mi mamá?

—No sé —juega con el encendedor en su mano—. De lo que sea. Yo nunca había sentido que alguien quería escucharme.

Sus palabras rebotan en mi pecho como en un gong. Yo quiero escucharla. Y yo siempre he querido sentir que mi madre quiere escucharme sin torearme.

—¿Es buena?

—Sí, retebuena.

—¿Mejor que yo?

—No, pues ella se ve que ya le ha dado mucho a esto. Ya quisiéramos muchas una mamá, pues —titubea para encontrar el adjetivo correcto— tan generosa, ¿verdad?

—No tienes buenos recuerdos de tu mamá, ¿verdad?

En la silla de madera al estilo Luis XVI, una suerte de trono donde me he acostumbrado a observarla, Silvia se retuerce sin libertad. Quiere abrazarse las piernas, pero apenas puede doblarse y se conforma con estirar las piernas y cruzar los pies.

—No —dice finalmente—. Pues, si se fue —prende y apaga el encendedor—. ¿Tú crees que yo no sé que esas cartas que nos decía mi abuela que mi mamá mandaba no eran de veras de ella? Yo ni sé si mi mamá sabía escribir bien. Y, pon tú que sí supiera, mi abuelita no sabe leer. Tú dirás.

—¿A dónde se fue?

—Pues dijo que al otro lado, para mandar dinero. Yo estaba chiquita, pero sí me acuerdo… El dinero nunca llegó. Y pues ya ves lo que dice la gente, qué tal que ni se fue hasta allá.

Se rasca la frente. Suda un poco y se abanica con una hoja de papel donde antes practicó la palabra *fábula*.

—¿Quieres que te ayude a escribirle una carta a tu mamá?

Se muerde el labio inferior por unos instantes.

—No, a ella no —termina la discusión con una palmada en la mesa.

Prende las velitas.

—De todas maneras, yo puedo escucharte. Por si quieres hablar de cosas. Por si mi mamá no regresa.

Silvia ladea la cabeza.

—Me da pena.

Empuja hacia mí el cuernito cumpleañero. Nunca me han gustado "Las mañanitas". Cada vez que en un salón de clases me rodearon mis compañeritos quise desaparecer del centro. Me recuerdan una fiesta de cumpleaños en Chapultepec. Me cantaban mientras yo buscaba con la mirada a mi madre y a mi hermana. De ese día me queda la imagen panorámica donde estoy sola, rodeada por un mosaico de ojos y bocas ruidosas mientras, al otro lado del jardín, mi madre de rodillas cuidaba asustada a mi hermana sobre el suelo, en cuyo cuerpo bailaba la muerte. Todavía no sé qué hacer conmigo cuando me cantan, me miran y mueven de un lado a otro sus cabezas. Pero Silvia me canta con una prisa que ridiculiza la canción. Disfruto de su interpretación desafinada. No hay forma de masticar este cuernito de piedra.

En lugar de desandar el camino rumbo a mi azotea me dejo llevar por mí misma y cambio en avenida Revolución al autobús que atraviesa la ciudad hacia la colonia Narvarte. Me bajo en Doctor Vértiz para caminar hacia Uxmal y sentarme un rato sobre la banqueta para visitar Olga. No hay desvío en ausencia de un plan. Hola, saludo al edificio. No había venido desde que regresé. Antes de Nueva York iba más o menos con frecuencia. Hice de esa fachada una suerte de cementerio donde visitar al espíritu de Celeste. En Olga me parece que Celeste anda suelta, asustando a quienes viven ahí. Han pintado la fachada agrietada, con huecos que desnudaban el cemento gris cuando pedazos de pintura endurecida se caían y se rompían a los pies del edificio. Parece una construcción de pastel lila con los acabados morados. Su nombre en mayúsculas art decó permanece descascarado y le han robado una *o*: Edifici Olga. La entrada tiene la firma en metálico del arquitecto. Cualquier peatón que me vea, todavía drogada, sentada en la banqueta, sonriéndole a una fachada, esperando alguna aparición, pensaría que estoy loca.

Ahí también vivió un deportista legendario, cuyo nombre he olvidado, que jugaba no muy lejos, en el antiguo Parque de Beisbol del Seguro. También una actriz de cine y un escritor argentino exiliado. Don Ricardo, el portero, quizá todavía vive con su esposa y su hija en la azotea. Las ventanas del número siete, en el tercer piso, nuestro antiguo departamento, no revelan nada de los inquilinos. No alcanzo a ver qué cuadros cuelgan de sus paredes ni dónde viven sus libros. Solo cortinas blancas. Ni un indicador que me permita al menos suponer si son una o dos personas, si hay niños que comparten la habitación más chica que fue de Celeste y mía.

Siempre elijo creer que en el muro a la entrada de la cocina siguen las marcas de nuestro crecimiento. Celeste llegó al metro. Yo conservaría las marcas sobre la pintura blanca de los nombres, los años, los metros y los centímetros de los antiguos habitantes.

Alguna vez Celeste preguntó por qué un edificio tenía un nombre de señora y los otros no. ¿Quién sería esa Olga? Y se acostumbró a bautizar los objetos. La lavadora, por ejemplo, se llamaba Felipe.

Le describo a mi madre mi debut en la psicodelia y descubro lo delirante que suena fuera de mi cabeza. Celebro sentirme todavía poseída. O, más bien, desposeída de esa Julia que me vigila hasta la escritura. Configurar el viaje en palabras con un orden casi novelesco le falta el respeto a la experiencia, pero no tengo más remedio que explicármelo y explicárselo con verbos y sustantivos, en oraciones coherentes para retenerlo, a pesar de la insuficiencia del lenguaje. No termino de narrar cuando la voz de mi madre, no en el teléfono sino en mi cabeza, me reprocha que no hay peor vulgaridad para una terapeuta que la curación instantánea.

—Pues, claro —increpa—. Si yo me tomo una droga que me haga sentir que todo está bien, eso es lo que voy a creer.

Hablo con ella mientras camino en línea recta por las antiguas vías del tren que atraviesan el Parque Ferrocarril, cerca del estudio de grabación.

—Vi mis miedos, mis rencores, mis frustraciones y vi que no están aquí, que no existen.

A mi madre se le escapa una risa, pero pretendo que no la escucho.

—¿Desaparecieron por arte de magia?

—No, los resolví al enfrentarme a ellos y ver que son inventos míos, como fantasmas.

Mi madre chasquea los dientes a una lentitud que traduzco como desconfianza en mi muerte simbólica. Pero no me importa, quiero mi duelo express. No fue aquello un ensayo de la realidad, sino la realidad misma.

—Pero tú y yo acordamos que los fantasmas sí existen, mijita.

—Bueno, ya sabes a lo que me refiero. Apariencias. Ideas. Creencias.

Ella me dice que sí, las creencias son creaciones, pero aunque son inmateriales tienen cualidades permanentes como el hierro.

—¿Quién te recomienda a estas personas?

El cielo es grisáceo, pero hace un poco de calor y sudo mientras camino por la ruta de corredores del parque. Sin darme cuenta he pisado un par de charcos. Tengo húmedos los dedos de un pie. Un recordatorio del afuera que nos sitúa en la vida que sigue pasando.

—¿Qué estás buscando?

—Quiero ver lo que yo no puedo ver de mí.

—Uy, pues no hay peor ciego que el que no quiere ver.

—Te equivocas.

—Además… Ay, hija, como si eso se pudiera.

Puedo escuchar a los pájaros enjaulados. Nos acompañamos un ratito en silencio habitando los acuerdos y desacuerdos. Nos preguntamos en secreto si la otra tiene razón. Si ninguna de las dos la tiene realmente. Si acaso importa.

—¿Te digo algo? Vi a mi hermana. Estaba lindísima: ojos abiertos y brillantes. Llevaba puesto el traje de baño. Se llevó esa cebra de peluche que agarraba por el cuello y llevaba a todos lados. Por eso nunca la encontramos.

—Ah, ¿sí?

—Sí, fue hermoso. Ven conmigo.

—Ni loca.

—¿No quieres ver a Celeste?

Supongo que sonríe imaginando a la misma Celeste que yo, en su pijama de dinosaurio. Nuestra Celeste.

Cuando aumentó la frecuencia de los temblores de mi hermana, mi madre cambió su reloj de manecillas doradas y pulsera de piel café por uno de plástico negro, con alarmas para que sonara un bip bip bip cada tanto, con calculadora y cronómetro para contar el tiempo de cada convulsión. Mi madre centinela cuidaba, criaba, analizaba y era casi una enfermera. Durante el desayuno platicábamos, pero disimuladamente nos interrogaba. Casi siempre quería saber qué habíamos soñado. Yo, por llamar la atención, inventaba alguna que otra pesadilla. Quería enfermarme: compartir con mi hermana su maldición para no dejarla sola. Y quería el amor de mi madre que solo ella recibía. Celeste a veces decía que no se acordaba y a veces contaba lo que había visto en una película. Mientras hacíamos como que nos lavábamos los dientes, pero en realidad veíamos un poco de algún episodio de *Los pitufos* o *Fraggle Rock* —los favoritos de Celeste eran *Los snorkels*—, mi madre recogía los trastes y tomaba notas mentales de las palabras de mi hermana para apuntarlas más tarde en el *Diario de los temblores*. La recuerdo, a mi madre, con la frente recargada en una mano y la otra escribiendo con su letra perfecta. En sus notas describía desde los sueños y los alimentos hasta los humores de su hija menor. Los movimientos de la convulsión: dónde empezaban, por una mano o por un pie. Si acaso Celeste se golpeaba. Los excesos del cuerpo, si sacaba espuma por la boca, si se cagaba o hacía pipí. Las torpezas de sus músculos. Las parálisis progresivas. Enlistaba las características empezando con un asterisco cada línea. Enlistaba diferentes hipótesis, cual detective. Y rebobinaba el tiempo: ¿qué había pasado exactamente ese día? Le pedía a Celeste que volviera sobre sus propios pasos, pero Celeste no vivía su vida como enferma. Mi madre estructuraba con círculos conectados unos a otros las posibles causas, las consecuencias, las coincidencias —depende tanto de los mapas conceptuales para organizar sus ideas que su lema es Para todo mal, un mapa conceptual—. Y resaltaba con un marcador amarillo fosforescente golpes triviales contra el mármol del lavabo, un pelotazo, un tropezón, la caída por unas escaleras, un brazo torcido, una pierna que no responde. La vez que Celeste se aventó de un muro alto con un paraguas abierto, convencida de que iba a volar, mi madre lo amarilleó en esa libreta que trataba como un oráculo. Esa libreta sagrada, donde cada noche cartografiaba la enfermedad de mi hermana mientras se tomaba, en silencio y a solas, una copa de vino, su lujo personal.

La luz en el trastero depende de un triste foco colgante que de vez en cuando parpadea, y solo quedan los rayos de sol que se cuelan por la ventana rectangular cerca del techo. Entre cajas de libros y cuadros envueltos en plástico recargados sobre la pared, hay una maceta terrosa con pelotas de espuma que Celeste apretaba con las manos. También mi madre. Se fragua un recuerdo: mi madre se pasaba neuróticamente una de esas pelotas de una mano a otra. Encuentro los aros que colgábamos del techo para que oscilaran como un péndulo, para que mi hermana los siguiera con la mirada y disciplinara su ojo que un día empezó a vagar. También las ligas de hule para fortalecer los brazos o las piernas con ejercicios de fisioterapia. Me llevo, entonces, tres pelotas de espuma y las dos ligas de hule, pero también me llevo un par de sobres grandes y blancos que dicen *Celeste Ruiz* con la letra inclinada, apretada y apenas legible del doctor Velázquez. En un último vistazo, antes de apagar la luz, vislumbro la esquina de un libro delgado y deshojado, entre algunos vinilos polvorientos. Reconozco la portada de inmediato: una niña cachetona con un nido de pájaros sobre el pelo crespo. *Pájaros en la cabeza*. ¿Por qué mi madre no lo habrá regalado? Pienso de inmediato en heredarle ese cuento infantil, que quién sabe cuántas veces Celeste y yo habremos leído, al bebé de Silvia.

Llego al albergue con una rebanada de pastel de zanahoria para Silvia.

—¿Y eso? ¿Es mi cumpleaños?

—¿Sí sabes cuándo es tu cumpleaños?

—Hoy, si quieres. ¿A qué estamos?

Es 17 de noviembre y lo instauramos como su cumpleaños simbólico. Yo le calculo unos dieciocho años, pero ella elige cumplir diecisiete. Los dieciocho años, dice, son especiales y no quiere pasarlos aquí dentro. Le emocionan las celebraciones y se propone festejar por todos los cumpleaños que no ha tenido cuando salga de este lugar. Le digo que en el albergue deberían organizarle una fiesta, no importa que sea la más persignada de las fiestas. De todas maneras, estos no son los tiempos de las borracheras.

—Cuando pueda, me voy a desquitar con mis amigas.

Le ofrezco cantarle "Las mañanitas" y acepta de muy buena gana. Se sienta erguida en su silla virreinal dispuesta a disfrutar de mi pobre interpretación. Canto la versión larga y cuando por fin termino, ella se levanta y aplaude, como si yo fuera Rosalía. Agradezco con un par de reverencias y procedemos a engullir el pastel.

—Bueno, ya de veras, ¿por qué me trajiste un pastel?

—Por si tienes antojos.

He leído que algunas mujeres embarazadas desean el azúcar. Pero responde con cierto orgullo que ella no tiene antojos.

—¿No? Yo pensaba que todas las embarazadas los tienen.

—Yo no. Se me hace que la que tiene el antojo eres tú.

Su abstinencia maternal me hace pensar en qué hubiera pasado si yo hubiera continuado con mi embarazo.

—¿Y no quieres probarlo? Se ve riquísimo.

—Sí quiero. Voy por cucharas.

—No, no, no —interrumpo—, voy yo.

—No —me regaña—. Voy yo.

Me enseña a no tratarla como nos han hecho creer que hay que tratar a las embarazadas: sagradas pero débiles, casi como enfermas.

Mientras saboreamos el pastel de zanahoria le cuento a Silvia que la rebanada no es lo único que le llevo y pongo sobre la mesa la pelota y la liga de hule que encontré en el trastero.

—¿Y esto? —me mira desconcertada—, ¿también es por mi cumpleaños?

—Son para fortalecer la mano, pero también para los nervios —agarro una y la aprieto, como una edecán haciendo una demostración—. Tenía dos, pero me quedé con una.

—Pero yo no me siento nerviosa.

—Por si acaso.

—¿Por si acaso qué?

—Por si, no sé, cuando ya se acerque el parto y una de estas noches de pronto no puedes dormir. Para cualquier ratito de angustia o desesperación.

—¿Aprieto, así como tú, la pelotita?

No me queda más remedio que asentir.

Silvia hace como que va a aventar una de las pelotas a otra chica y la chica, sentada en un sillón de la sala, se protege con los brazos.

—Ah, ¿verdad? —le grita.

—No grites —susurro y le decepciona que no quiero que una monja nos vuelva a regañar—. Me van a correr.

—No seas miedosa. ¿Y esto?

—Esta es una liga para ejercitar los músculos de los brazos —hago otra demostración—, o de las manos o de las piernas o de los pies.

—¿También es para no chiflarse?

—Esta es más bien para trabajar los músculos. A lo mejor te sirve para cuando ya no puedas moverte tanto. Mi hermana las usaba porque tenía problemas en los brazos y en las piernas. Se le caían las cosas, se tropezaba. Se le entumecía el cuerpo todo el tiempo.

—Híjole… ¿Y ya está bien? —Silvia estira la liga amarilla haciendo un arco con los brazos.

—Se murió.

—No sabía, Julia —suelta la liga y hace un gesto que nunca le había visto: junta las manos y se las lleva a la boca.

—Hace quince años.

—Ay, pues como tú me habías dicho que estaba estudiando y que le gustaba nadar, yo pensé que estaba bien. Como tú. Y bueno, tu mamá nunca cuenta nada de su vida. ¿Qué le pasó?

Trato de explicarle que mi hermana tenía un cúmulo de enfermedades en el cerebro. Le resumo la era de las caídas, la era de los músculos tiesos, las lentitudes, las rehabilitaciones. Le hablo de los altibajos en el ritmo cardiaco durante las últimas convulsiones.

—Híjole. Lo siento mucho, oye —se levanta con esfuerzos para rodear la mesa y darme un abrazo.

—Gracias —se sienta a mi lado—. Ya lo superé.

—Ay, ¿a poco? —recarga su cabeza en mi hombro—. No te creo. Yo, si se muere uno de los míos, me muero, y eso que yo tengo cuatro. Peor tú que nomás eran dos —me soba la espalda.

De pronto me hacen falta los cabellos castaños y delgados de Celeste. Siento por un segundo su lisura en mis dedos. Extraño el parpadeo de sus ojos, sus saltitos al caminar, el vaivén de sus brazos. Me hacen falta sus cachetes suaves para darles besitos, sus manos entre las mías. Su mirada, su tono de voz. Su olor, nunca he vuelto a oler su olor.

—Cuéntame de ella. ¿No tienes una foto?

Prometo traerle a Silvia alguna foto la próxima vez. Ya sé cuál. Tengo mis favoritas.

Hacía noches que mi madre dormía con Celeste en el hospital. Yo estaba en la secundaria y podía cuidarme sola. Las alcanzaba después de la escuela. Recuerdo con memoria fotográfica que no me lo dijo alterada. Debió de haber negociado mucho con su cuerpo para anunciármelo.

Recuerdo que vamos caminando de la mano por los pasillos del hospital hacia la cama donde está mi hermana. No llegué a tiempo. Me acuesto junto a ella. Un ratito.

Años después de la muerte de Celeste, en el vestidor de mi madre encontraba juguetes nuevos para una niña de más o menos cinco años, dentro de su caja abierta. Me imaginaba a mi madre desviándose en su camino de regreso a casa o aprovechando las horas de comida para ir a la juguetería y elegir regalos que le habrían fascinado a mi hermana.

Cubro algunos de los cristales de mis ventanas con las radiografías de Celeste. Los interiores de su cuerpo son atravesados por el humor de la luz del día. El sol de las cuatro de la tarde crea un marco iluminado que transparenta los lóbulos derechos e izquierdos del cerebro de mi hermana. Pego también un encefalograma. Extendiendo un largo ritmo neuronal a lo largo de dos paredes. Y un par de dibujos y planas de Silvia.

Llevo a la clase el ejemplar de *Pájaros en la cabeza*. La portada está rota. Las hojas están algunas dobladas y otras raspadas por las orillas. No me atrevo a decirle a Silvia que cuando lo encontré en el trastero lo guardé para el bebé. Le digo que es un libro al que le tengo mucho cariño y le pregunto si le gustaría tenerlo. Nunca le habían regalado un libro y lo hojea contenta. Toma las esquinas de las páginas con las puntas de los dedos, como si se tratara de un objeto museográfico. La primera vez, las ilustraciones le bastan para entender la historia de una niña que no quiere bañarse y tiene el pelo tan sucio y enredado que una mamá pájaro confunde sus cabellos con ramas y anida en su cabeza. La niña se sienta a la mesa, va a la escuela y juega con sus amigos con un nido con huevos de pájaro en la cabeza. Los pajaritos nacen en su cresta.

—Muy tierno, pero guácala. En el cuento no salen las cacas.

Luego pregunta si es la niña o la mamá pájaro quien se queda con los pajaritos. No lo sé. Voy a decirle que a lo mejor comparten responsabilidades, pero me interrumpe.

—Ha de ser la niña. Yo creo que la mamá pájaro quiere, pues, ser pájaro. Por eso los puso ahí, ¿no?

Reconoce algunas palabras y sílabas. La segunda vez se lo leo entero. Dice que me transformo cuando leo en voz alta. Me pide que se lo lea otra vez y me detengo en las palabras que conoce para que ella las lea, pero se frustra porque le toma varios intentos. Tiene que consultar una y otra vez su libreta roja, busca sílabas para encadenarlas a otras y cazar las palabras por sus extremidades. Le choca que tenga que soplarle. Volvemos a leerlo desde el principio y al terminarlo aleja el libro con un manotazo. Se muerde la uña del dedo meñique y termina por pedirme que se lo acerque:

—A ver, otra vez, *chingao*.

Encontré el *Diario de los temblores*. Estaban al fondo de un baúl de Olinalá en el trastero, bajo enciclopedias empolvadas que alguna vez usé para hacer la tarea y carpetas de anillos metálicos con los historiales clínicos de antiguos pacientes de mi madre. Me parece curioso el lugar específico a donde fueron a parar. Me llama la atención la bolsa de plástico que envolvía los diarios. Ese mínimo esfuerzo de conservación para una libreta gruesa, pesada, desvencijada y de pasta dura negra. Las letras doradas de la marca Ideal en la esquina superior derecha. Tiene algo de biblia por su significado, por el borde dorado de las hojas. El lomo está casi desprendido y muchas de las hojas peligran. Entre las páginas hay dibujos de mi hermana y dos pulseras de papel, una roja que dice izquierda y otra azul que dice derecha. Hasta arriba en la primera página, un título amplio en cursivas de un solo trazo: Celeste. Cada hoja tiene la fecha. Mi madre usó cada par de planas para una semana. Sus números sueltos, inclinados hacia la derecha. Sus letras pequeñas y abiertas. Largos lazos, casi dramáticos, que aprovechan la longitud de los renglones. Una letra arabesca, si se ve de lejos. A ratos tan pequeña que casi parece un electrocardiograma que sube y baja revelando la frecuencia cardiaca de la frase. Hay tablas marcadas con diferentes plumas sobre la cuadrícula. Listas ordenadas por horarios y actividades. Despertarse, desayuno, siesta, comida, terapia, juego, dibujo, música, baño, cuento, cama. Y un retrato de mi hermana a través de sus medicinas. Atemperator, Lamotrigina, Valproato de magnesio, Topiramato, Levetiracetam. 100mg, 200mg, 500mg. Al pasar de las páginas aparece cada vez más la palabra *crisis* en mayúsculas. A mi madre no le gusta la palabra *convulsión*. A Celeste le gustaba *temblor*. El glosario privado de la enfermedad cambia. Entumecimientos. Inmovilizaciones. No hay una palabra que los agrupe. Hay caritas tristes y caritas felices en los márgenes. Hay listas de recomendaciones del doctor Velázquez: desayuno nutritivo, no agotamiento, no luces que parpadean, no videojuegos, poca televisión. Siesta obligatoria, doblemente subrayado. Hay dibujos de ejercicios, nombres de aparatos, datos de contacto de ortopediatras. Hay notas entre paréntesis como *Celeste tararea "Girls Just Wanna Have Fun"* y *Hoy dijo que ya no escriba.*

Al terminar la clase nos mudamos a la sala. Abro las cortinas que cubren los ventanales para aprovechar el sol de invierno. Empezamos a leer *El viento que arrasa*. Yo leo y Silvia sigue mi dedo por los renglones. Le digo que no se enoje si no entiende todavía cómo suena una palabra y simplemente la escuche. Sigue la narración durante algunas páginas hasta que se echa hacia atrás y cierra los ojos. A veces me doy cuenta de que ha estado mirándome, como si en mi rostro se ilustrara la historia. Le interesan los personajes, Leni y Tapioca. Pregunta por ellos, quiere saber si se gustan. Pregunta por el peso de las madres ausentes, quiere saber quién era esa señora que le dejó su niño a un mecánico en medio del campo. Mientras conversamos ya están sentadas con nosotras Estelita, a quien le cae bien el sacerdote, Juani, que viene de ese calor abrasador, y Ángeles. Me enderezo si me trabo y repito el enunciado. Bebo agua para limpiarme las babas. Y poco a poco, en los punto y aparte, pauso para mirarlas. Cuando tienen dudas me detengo, repito y conversamos. Las siguientes tardes vienen más chicas, llevan galletas integrales y té de jengibre.

Mi madre vuelve de su exilio en Guanajuato. Quedamos para una celebración tardía de nuestro cumpleaños en Le Petit Resto, en la colonia Nápoles. A mi madre le gusta ordenar en francés, aunque los meseros sean mexicanos. Habla sobre vivir en la Cité Universitaire o graduarse con mención honorífica de La Sorbona, como si hubiese regresado de París hace unos días y no hace cuarenta años. Nos ofrecen la única mesa disponible, una mesa redonda para cuatro. Estamos acostumbradas a las sillas vacías. A ella le hubiera gustado sentarse contra la pared para ver a los comensales por encima de mis hombros y adivinarlos, criticarlos, admirarlos. Hacer comentarios como Mira cómo ese tipo se toca con la punta de la lengua el labio, debe estar dudando de su acompañante. Aquello está repleto y el mesero nos lleva la carta con prisas y de mala gana, cual francés.

—Te va bien el nuevo look —no puedo evitar comentar que regresó con manicure, pedicure y un nuevo corte de pelo. Desde que tengo memoria, mi madre tiene el look ochentero de Victoria Abril en *Tacones Lejanos* y ahora se parece más bien a Marisa Paredes.

—¿Tú crees?

—¿Te hicieron un *fashion emergency*?

—Ya sabes cómo son. No toleraron mi poca feminidad —entrecomilla con los dedos la palabra—. Pero ahora ya soy femenina, ¿viste? —se burla, no sé si del concepto o de sí misma.

Me gusta su cabello café y brillante, recién pintado. Con las raíces blancas de las canas bien cubiertas, los mechones ondulados caen despuntando hacia el final del cuello.

—Te dejaron muy guapa, Catalina.

—Yo ya no puedo ser guapa —sentencia, mientras se mira el esmalte rojo como un intruso en sus manos. Pero sonríe sorprendida, descubriéndose—. Bueno, ve nomás lo chuecas —me muestra el dorso de sus manos deformadas por una artritis que le hincha los nudillos. Paseo la punta de mi dedo índice rozando su piel empedrada. Recorro con ánimo de explorador las curvaturas casi monstruosas de las puntas torcidas de su cuerpo. Mi madre esconde las manos debajo de la mesa.

—Yo soy la que ahora está desarreglada.

Saco la liga de pelo que llevo de pulsera en la muñeca, me peino con los dedos en un gesto quizá muy ordinario y me enchongo el pelo para nivelar la elegancia.

—Ay, pero se te ve tan bonito suelto.

Me desenchongo, entonces. Aprueba. Llamo al mesero. El pobre hombre se acerca atarantado, casi con fastidio. Mi madre ordena un par de aguas minerales y una botella de vino tinto para celebrarnos.

—¿Qué me trajiste?

Suelta una carcajada sardónica.

—¿No me mandaron regalos?

—Un poco de dinero.

—Perfecto —aplaudo como un chango amaestrado y mi madre niega con la cabeza de pena ajena.

Las paredes de madera hacen del restaurante una cabañita. El ruido de la avenida San Antonio, sin embargo, nos impide imaginar que estamos en la montaña. El techo con candelabros. El mantel de la mesa cuadriculado. Las flores, un ramo alto de lirios amarillos. El salero y el pimentero son un gato blanco y un perro negro. Una de las copas está cuarteada y pedimos otra. Mi madre devora el pan de la canasta. Después de Celeste se permitió comer y comer, en señal de protesta. No pensaba, encima, limitarse el azúcar y los carbohidratos. Encontró en la comida una fuente inagotable de placer. Y también una forma ansiosa de lastimarse. Durante años la acompañé en esa mezcla de goce y castigo. Luego, como todas las adolescentes jodidas, coqueteé con la anorexia y la bulimia. Hasta que me encariñé con mis lonjas.

—Pero no debería dártelo.

—Dámelo, anda —extiendo las palmas de mis manos sobre la mesa.

—No, porque te lo vas a gastar en terapias embusteras.

—Pero me lo regalaron. Además, ya tengo un trabajo. ¿No es eso lo que querías?

—Necesitas otro trabajo. Uno del que puedas vivir.

Mi madre debe de ser la mujer jubilada que mejor aprovecha el tiempo libre. Disfruta como nadie no rendirse cuentas ni a sí misma. Y, sin embargo, piensa que hipotecar mi vida por un buen sueldo es mi única salvación.

Aprovecho la incomodidad para levantar mi copa y brindar:

—Feliz cumpleaños, mamá.

—Feliz cumpleaños, mijita.

Comemos dos sopas de cebolla, nuestra favorita. Entre cucharadas le pregunto cómo se ha sentido. Dice que mejor con aceptación. Tengo un *déjà vu* cuando noto en ella ese arribo al otro lado de un tránsito. Me disculpo: fueron mis preguntas sobre Celeste las que la orillaron al abismo. Qué digo, niega con la cabeza. Lo sabe, pero no quiere culparme. Pedimos otra canasta de pan para untarle queso, aunque el doctor le ha pedido que deje los lácteos.

De pronto da un suspiro profundísimo. Se rasca el cuello con sus uñas rojas y me dice que está cansada. Siempre ha negado el cansancio, pero ahora planea entregarse a él. Está harta. Dice que quiere pasar la mayor parte del tiempo en su casa, despertarse más tarde, tal vez desayunar en la cama. Mi madre, que nunca había tenido prioridades como la flojera, piensa ejercer su derecho al aburrimiento. Pensar sin planear. Tal vez lea toda la mañana, tal vez vea películas en pijama. Quizá intente cocinar, lo cual siempre había considerado una lata. Ya no quiere ser la mujer biónica que se encendía por la mañana y se apagaba por la noche. Piensa reconciliarse con los ritmos naturales. Otras velocidades. La melancolía necesita horas disponibles. Quiere eso que le queda al tiempo cuando le quitas los horarios. Una nada que patenta la libertad.

—Te lo mereces.

—Lo necesito.

Quiere saber qué otros audiolibros grabo. Quiere saber si todavía me siento como regresando o si estoy echando raíces. Le cuento que leo libros en voz alta en el albergue. A todas nos gusta mucho.

Cuando termino un capítulo, levanto la cara del libro y quizá porque me notan ligeramente nerviosa me aplauden y me hacen reír. Siempre tienen opiniones y comentarios. Platicamos.

Le digo que la extrañan, especialmente Silvia. Pero mi madre, de pie frente al horizonte, no sabe cuándo regresará. Quiere escucharse ahora a ella. Le cuento que Silvia a veces está contrariada. A veces alegre. A veces contenta de verme. Y eso me entusiasma, porque la quiero. Pero también creo que le estorbo, con mis letritas y palabritas. Encima, no vamos a terminar.

—Te lo digo para que no te decepciones de mí. Va a dar a luz antes de que aprenda a leer y escribir.

—Ay, ¿qué te pasa? Cómo crees que eso va a decepcionarme.

—Es que siento que ni la ayudo a aprender ni la ayudo a estar bien.

—Pero a la que vas a decepcionar es a ella, y a ti, no a mí. Pero ¿entonces para qué estás ahí?

—Pues para enseñarle a leer y escribir. Pero tú no sabes cómo es. Hay días que se avanza y días en que no.

—Platican y se distraen. Claro que lo entiendo. Tiene que haber cierto vínculo, pero no es tu lugar distraerla de su objetivo.

—¿Sabes que no quiere saber si es niño o niña?

Mi madre procede a darle un buen trago a su vino.

—Sí tiene que saberlo. Y es mejor que pregunte, aunque le dé miedo, porque se lo van a decir. Y ahí —mi madre cabecea impaciente a un lado y a otro con los labios apretados, como eligiendo las palabras—, ahí sí que puede cambiar de opinión.

—¿Pueden cambiar de opinión?

—Claro. Ese es el trato —se empina la copa—. Por eso, solo por esa posibilidad es que muchas están en el albergue. Porque ahí tienen tiempo para reflexionar. Y, bueno, el bebé se convierte en *alguien* con el sexo. No en alguien, alguien. No sé si me explico. Adquiere cierta personalidad. Es un rasgo que lo determina. El sexo, pues, te da una información sobre quién es.

—Pero luego se lo pueden cambiar.

Retuerce la cara.

—Qué tal que luego quieren cambiar de género. Yo todavía podría. Tú todavía podrías.

—Sí, sí. Pero esa es otra cosa. Para una madre no es lo mismo tener un niño que una niña. Ya nomás saberlo cambia tu relación con el bebé, te acerca de una manera más específica a él; cómo te lo imaginas, cómo le hablas. No porque lo estereotipes y pienses en un futbolista o en una bailarina. Sé que el bebé después se identificará como hombre o mujer o un poco o todo o nada. Lo entiendo. Ahora, yo no puedo imaginarme tener un bebé neutral. Ni creo que sea el caso de Silvia.

Mi madre levanta las palmas de la mesa en plan nunca se sabe, un poco entonada.

—Pero ¿crees que se arrepienta?

—Yo digo cambiar de decisión.

Luego me cuenta de Mónica, una señora que describe de treinta y poquitos años. A Mónica le urgía parir y entregar al bebé porque se venía la época más provechosa en el mercado donde tenía un puesto. Ese mes vendía como nunca y tenía que volver a trabajar. No sabía el sexo de su bebé y tenía prisa de parir para irse del albergue porque necesitaba el dinero.

—Tú, como no sabes lo que es que si no hay trabajo no hay dinero y sin dinero no hay comida, no puedes entenderlo.

Mi madre se deja rellenar la copa. Tiene los dientes y los labios entintados.

—Pero ¿qué hago yo? Quiero ser un poquito como tú y acompañarla.

En mi mente mi madre se levanta de su silla y me abraza, pero en la mesa donde estamos sentadas ella solo sonríe confusa y dice:

—Mejor tú no te metas. Creo que no está lista para esa cercanía con el bebé. O la bebé.

—Le bebé.

—Le bebé —rueda los ojos.

Me aconseja que solo si de casualidad sale el tema yo podría mencionar sutilmente que es importante que sea ella quien pregunte por el sexo del bebé. Si no lo pregunta ella, probablemente se enterará en el parto o al firmar los documentos que legalizan la renuncia. Me ruega que sea cuidadosa, al hacerlo creo que me recrimina no haberlo sido con ella cuando la acribillé con preguntas sobre mi hermana.

Mónica tenía planeada la adopción, estaba segurísima de que no quería criarlo y cuando supo que era un niño, unos días antes de dar a luz, cambió su decisión.

—Algo cambia —mi madre mueve los brazos como un mago en pleno acto—. Empiezas a conocerlo, pues.

Le digo que Silvia me ha contado que soñó que estaba en una cárcel. Tal vez por la serie de mujeres criminales que ven. Como lo único que sé hacer es escribirlo todo, le sugerí escribir por lo menos algunas palabras o dibujos de sus sueños.

—Bueno —mete su tenedor y su cuchillo a mi plato para terminar con mi *croque monsieur*, que no es más que un sándwich de queso que apenas he tocado—. No sé si sea lo que necesite. ¿Cómo son las pesadillas?

—Silvia estaba en una cárcel porque había estrangulado a su bebé. No se acuerda si lo había hecho con las manos o con una sábana. No se acuerda de cómo ni por qué, no recordaba haberlo hecho, pero estaba cumpliendo su condena.

—Julia —mi madre reclama alarmada—, no deberías contarme. Eso que te cuenta ella es confidencial.

—Pero yo no soy su terapeuta.

—Pero eres su amiga, ¿no?

Devoro con culpa, cualquiera diría que con ansiedad, el resto de mi sándwich frío. Le doy un buen trago a mi copa de vino tinto. No consigo dar ni un solo paso firme hacia delante.

—No quiero traicionarla, pero a veces tiene pesadillas muy raras. Me recuerda a las pesadillas que tenía Celeste después de convulsionar.

—¿Qué dices?

—Cuando convulsionaba luego decía que había tenido una pesadilla. Y así supimos que la pesadilla en sus sueños era la agitación de su cuerpo.

—Qué va… A Celeste le daba tanta vergüenza tomarse las medicinas frente a los demás, especialmente otros niños, que cuando le preguntaban por qué tanta pinche medicina, ella decía que eran medicinas para las pesadillas.

Las pastillas eran el principio ordenador de los cuidados. El más simbólico, aunque no el más aparatoso. A Celeste no le gustaba tomar medicinas ni ir a terapias. ¿Por qué ella sí y los demás no? Nos lo preguntábamos las tres. ¿Por qué Celeste y no su hermana mayor?

—Bueno, pero si cuando convulsionaba tenía pesadillas, era más o menos verdad —le arrimo mi plato para que termine con mi comida.

Me regaña: ¿cómo iba a convulsionar y tener una pesadilla al mismo tiempo?

—¿Me estás diciendo que Celeste no decía que tenía una pesadilla después de cada vez que había temblado?

—Sí. Y si lo dijo, eres lo suficientemente inteligente para saber que eso era una mentira.

El mesero trae la carta de postres. Hacemos una pausa para elegir un postre cumpleañero. Cuando mi madre decide qué quiere, desliza el menú hacia el centro de la mesa. Siento sus ojos entreabiertos sobre mí.

Pide una tarta *tatin*. Por cortesía me ofrece compartirla, pero a mí no me gustan las manzanas, y menos caramelizadas. Siempre lo olvida. Además, compartir un postre con ella es apenas probarlo. Yo pido una *crème brûlée* que ella se comerá también. El mesero se lleva los platos. Mi madre, entristecida pero tenaz, baja la mirada. Esta mujer que cuando a Celeste le llegó la hora de ir al jardín de niños consiguió trabajo ahí para vigilarla, ahora dobla y desdobla la servilleta de tela blanca. Recuerda que una vez la mamá de una compañerita de la escuela le preguntó qué pastilla le daba a mi hermana para que no tuviera pesadillas.

—Y yo dije No puede ser, qué señora tan tonta.

—Pero ¿entonces la pesadilla no era la señal de que había tenido una convulsión?

Me cuelga otra vez su mirada incomprensiva:

—Qué necesidad la tuya de romantizarlo todo —se sirve las últimas gotas de la botella de vino—. Siempre fuiste melodramática —da un último trago.

Mientras mi madre me critica con buena puntería, me quedo pensando en por qué mi cerebro y mi corazón hilarían esa subtrama.

El pasado es sustancia viva. Por un momento tengo en la mente a mi hermana. Ahí está otra vez. Los efectos liberadores del sapito se degradan, pero la definición de la imagen de Celeste en mi mente continúa. Me mira, contenta. Y vuelvo a ella. Era el tiempo de las noches en las que mi madre, desvelada, entraba insomne a nuestra habitación. Era el tiempo de las caídas en la regadera, los golpes y los moretones. Los días de escuela en la casa. Era el tiempo de las terapias y doctores, las pastillas escondidas, del túnel de las resonancias magnéticas, los laboratorios, los hospitales. Era el tiempo que para mí nació con las pesadillas.

¿Qué más me habré inventado?

Mi sistema de explicaciones se tambalea y pierdo algunos eslabones fundamentales. No tengo más remedio que desconfiar incluso de la verdad de la imaginación y del mecanismo narrativo en sí mismo.

Una tarde mi madre limpiaba la casa y al vaciar una vieja alcancía con forma de elefante escurrió un torrente de medicinas que, durante meses, Celeste se había sacado de la boca y escondido.

—¡Celeste! —mi madre gritaba tres veces al día—. ¡Las pastillas!

Había que perseguir a Celeste por la sala, la cocina, el pasillo, los cuartos, el baño. Siempre terminaba escondida detrás de la cortina, en la esquina de un clóset o acostada como momia debajo de la cama.

—Celeste, abre la boca.

Tres veces había que apretarle la nariz hasta que abriera la boca. Mi hermana se negaba como si supiera que algo perdía con los medicamentos.

Dejo mi mochila en el comedor. Silvia no está en la sala, tampoco en el jardín. En la mesa de hierro hay un grupo de chicas que hace arbolitos navideños de espuma. Las acompaña una abuela de caricatura con suéter de perlas y lentes en la punta de la nariz. Regreso al resplandor de la cocina por la sala hacia la caseta de vigilancia para entrar por el patio de lavado, donde se asolean camisones, playeras, vestidos, brasieres de copas enormes que agita el viento. Estelita lava un refractario.

—Buen día, Estelita.

—Buenas, mija —saluda sin dejar de lavar—. Esta es la hija de Cata —le dice a otra muchacha que corta una gelatina morada en cuadritos.

—Julia —completo.

—Yo soy Mari Carmen. ¿No gustas?

Rechazo la oferta por vergüenza. Pregunto por Silvia y me responden que está en la capilla.

—¿Hay una capilla?

—¿A poco no la habías visto? Llévala, ¿no?

Mari Carmen se mete un cuadrito entero de gelatina a la boca y me hace un ademán para que la siga. Rodeamos la casa por un pasillo adoquinado que conduce por un costado al jardín y lo atravesamos caminando sobre la madera que tapa la alberca, pasando al lado del taller de manualidades.

Mari Carmen, que casi no tiene panza, como si su embarazo dudara, ha estado en las lecturas en voz alta y me pregunta si no tengo una historia de vampiros para la próxima vez. Le prometo que buscaré una.

En una bodega al fondo, al otro lado de la oficina donde me entrevistaron las monjas el primer día, hay una serie de bancos de iglesia frente a un altar casero. Le agradezco por guiarme con un apretón de manos. Desde la puerta metálica no veo la espalda, los hombros, el cuello o el cabello de Silvia. Susurro su nombre con la cautela de un ladrón. Algo de nervio me dan los espacios sagrados. De una banca sube una pierna cuyo pie calza unos tenis blancos y sucios.

—¿Silvia? —susurro de nuevo su nombre.

Evitando el ruido de mis pasos sobre la loza, camino hacia el altar. Es una mesa plegable cubierta por un rebozo color marfil con una que otra veladora y una serie de rosarios de cera, al lado de un cáliz de metal dorado.

—Aquí…

Está acostada a lo largo de la tercera banca a la izquierda. Me inclino para mirarla, con las manos cruzadas por detrás.

—Siéntate —dobla las rodillas para hacerme un hueco.

—¿Estás rezando?

—Estoy pensando —responde con una voz baja casi imperceptible.

Se abraza el vientre. Con ese tacto, pienso, se están comunicando.

Me siento a sus pies. Estira sus manos hacia mí para que la jale y se siente. Suelta un jadeo que resuena en el mármol de las paredes. Miramos hacia el frente. De una cruz de madera rústica cuelga un Cristo particularmente sexy, con las facciones afinadas a la Jared Leto. Me imagino al artesano de estatuillas religiosas tallando el yeso con la televisión prendida e inspirándose más bien en la cultura popular. Abajo, apoyada sobre el muro, en un pequeño cuadro con un marco de latón plateado, la Virgen de Guadalupe con esa mirada baja de la resignación. El sol de media mañana no calienta la capilla. Nuestras suelas rechinan cuando cambiamos nuestro sentado.

—¿Te amarro las agujetas?

—No —levanta los pies—, déjalas. Yo ya no alcanzo a abrochármelas. A mí ya si se me cae algo, no lo recojo.

Miro hacia el jardín por si una monja me ve aquí dentro.

—¿Vienes aquí a estar con él? —señalo al Cristo.

Silvia se señala la panza. Luego se la cubre con las palmas de las manos. Se observa a sí misma. Y así nos quedamos un buen rato. Cierra los ojos, como conectándose. La acompaño, calladita, mientras ella pasa tiempo con el bebé. La espero con las manos entrelazadas, como las manos que a veces rezan, recargadas sobre mi vientre vacío. Trato de visualizar el ofrecimiento de su cuerpo. Trazo en blanco y negro un bebé debajo de su piel sin costuras. De pronto, de reojo, alcanzo a ver cómo a sus manos las mueve lo que podría ser la cabeza, el culito o un pie, quizá una rodilla. Se levanta la sudadera para acariciarse.

—¿Por qué esto es tan cortito?

Me mira con los ojos vidriosos. Susurro, desarmada, que no lo sé. Espero no decepcionarla. Me pregunto, como siempre, con qué palabras orquestaría mi madre un consuelo serenísimo. La invoco. Mi madre toma mi mano y se la extiende a Silvia. Me anima a que la mire sin titubeos y con un tono de voz confidencial, levemente hipnótico, le diga que toda esa turbia contradicción amorosa es normal. Y que los entreactos, como los nueve meses de ser dos personas, de ser dos cuerpos, de estar juntos sin conocerse, no solo son un antecedente al destino final, sino que también son para habitarlos. La transición tiene su propia identidad.

—¿Vienes mucho aquí?

—A veces. Es que aquí puede una estar sin que la interrumpan.

—¿Te interrumpí?

—No, tú nunca.

Me aguanto las ganas de abrazarla y le ofrezco mi mano abierta. Silvia la toma y apretamos.

—¿Vamos al comedor a tener clase? Te traje algo.

—¿Más pelotitas? —me llevo la mano al pecho en un gesto teatral—. No te creas, mira —del bolsillo del suéter que le queda grande como una cobija saca la pelota que le di la otra vez.

Antes de irnos se acerca al altar y levanta un rosario blanco para mí:

—¿Quieres uno?

Me sorprende la oferta.

—Creo que no, gracias.

—¿Segura? Brillan en la oscuridad.

Mi abuela murió mientras mi madre estaba embarazada de Celeste. Yo la llamaba Tita porque no podía pronunciar abuelita. Se llamaba Julia y ser tocayas nos daba una complicidad especial. Murió por un cáncer de páncreas. Cuando descubrieron el tumor probaron con un método para que las células malignas se suicidaran, pero eran tantas y tan anárquicas que pronto colonizaron otros órganos del cuerpo. El doctor le dijo que le quedaban seis meses de vida. Su único plan era pasar tiempo conmigo y conocer a Celeste, pero la enfermedad la devoró y murió antes de que naciera mi hermana. Mi madre tenía miedo de pasarle la tristeza a Celeste. Que, entre todos los nutrientes, mi hermana absorbiera también sus sentimientos. Que de tanto escucharla llorar, Celeste aprendiera que eso era la vida. Tenía miedo de darle esa primera impresión de ella y no quería que Celeste la conociera así. No supo, dice, cómo guardar la tristeza para sufrirla después.

Desde la ventana de mi azotea puedo distinguir los bichos que revolotean en el farol que alumbra la calle. El rosario de cera blanca que me regaló Silvia brilla con un color verde fosforescente en la oscuridad de la noche. Me imagino el suyo sobre su buró. A ella en posición horizontal, durmiendo, quizá, con las palmas sobre su panza.

Gugleo en mi teléfono a un bebé de treinta semanas. Muslos de cinco centímetros, del tamaño, más o menos, de mi dedo pulgar. Calculo que si junto los pulgares de mis dos manos bien abiertas esa es la longitud del bebé. El internet cree que estoy embarazada y me oferta una variedad de aplicaciones para conocer el desarrollo de mi hijo. Bajo la aplicación gratuita con mejores calificaciones. Me inscribo con mi nombre para obtener un poco más de información. El bebé mide más o menos treinta y ocho centímetros. Pesa más o menos un kilo y medio. La aplicación ofrece tres analogías de dimensiones: un cachorrito, una col y, extrañamente, una pizza mediana. El bebé ya puede ver. Abre los ojos. Había estado viendo las negruras del interior del vientre, pero ahora percibe la luz que traspasa las barreras de la piel, el útero y la placenta hasta el espeso, casi gelatinoso, líquido amniótico que amortigua su estancia. Se va formando la médula ósea. Crece el vello que cubre su piel nueva. Está empezando a practicar la respiración. Durante las últimas diez semanas la producción de esteroides se ha duplicado para desarrollar sus órganos sexuales. A partir de ahora, empezará a acomodarse cabeza abajo para el parto.

Sueño que estoy sentada en los escalones de entrada a un edificio indistinto. Espero no sé a quién, mientras cargo a una bebé en las manos. Supongo que la madre de la criatura vendrá, tarde o temprano, por ella. Es una bebé pequeña pero no recién nacida, tal vez de un par de meses. Más sociable y menos miniatura que los bichitos arrugados de unas semanas. Mameluco color lavanda. La bebé está tranquila, casi contenta. Con una mano yo sostengo su cabeza y con la otra su cuerpo, y lo hago sin miedo. Estoy segura de que mis manos no la dejarán caer. Las horas pasan. Nadie llega a recogerla y caigo en cuenta de que, en realidad, esa bebé es mía. No puede ser mía porque no nos parecemos en absoluto. Pero es mía. La sensación de que estoy buscando lo que ya tengo. Es una escena tan irracional que entiendo, entonces, que estoy soñando. Esa bebé está en mi sueño para hacerme dos revelaciones: que tendré una hija en la vigilia y la corporalidad de un bebé. Su fragilidad, su longitud, su peso, el patrón de estiramientos. No me resulta intimidante. Cuando despierto me doy cuenta de que no estoy de ninguna manera embarazada. A lo largo del día voy descubriendo que ese sueño no es mío sino de Silvia.

Mi madre canturrea por lo bajo. Esta mañana lleva puestos unos pantalones holgados con un patrón geométrico colorido, tal vez africano. No me cuaja su vestimenta porque su estilo, poco festivo, suele ser desacomplejado y cómodo, con pequeñas variaciones de lo sobrio, pero jamás jipi. Más raro es, sin embargo, que la encuentre en pantuflas a la una de la tarde.

—Hola, mi reina.

—Qué milagro que tú andes por aquí.

—¿En mi casa? —el chorro de agua de su regadera cae sobre una maceta con hortensias.

—A estas horas…

—Ya ves, mi nuevo Yo.

Navegando por el río de esta otra temporalidad, mi madre procede a regar, ceremoniosa, una a una las plantas que emperifollan la selva comprimida en su casa. Le habla a una como a una amiga: Qué bárbara, estás preciosa. Es una planta baja y despeinada a la que llaman mala madre. En un mecanismo evolutivo, tal vez también un mecanismo de defensa, la mala madre avienta a sus críos lejos para que crezcan fuertes por sí mismos, para que bajo otras sombras broten sus flores blancas. En algunos lugares a esas plantas desperdigadas también las llaman lazo de amor.

Le pregunto si quiere venir conmigo a una marcha y me dice que no:

—Yo ya no creo en las marchas. Ve tú.

El sol se escurre por la ventana que da a la calle Progreso e ilumina el polvo suspendido en el aire. Hace una pausa para bajar el volumen de un especial de Roy Orbison.

—Hoy tienes albergue, ¿no?

Le pregunto a ella, que conoce la vida íntima de las chicas del albergue, por Estelita.

—Dice que Dios decidió por ella.

—Ese no es tu problema —da un respingo. Se le derraman algunas gotas de agua sobre el suelo de madera vieja y las esparce con la suela de la pantufla—. No te vayas a meter ahí, Julia Ruiz —repite su letanía.

Le prometo que no. Mi madre se sienta en una silla frente a mí. Me mira, pero no me está juzgando. Me dice que no sea tan simplona. Para Estela Dios es, digamos, una metáfora de ella misma. Utiliza la figura todopoderosa para facilitarse la decisión. Pero es ella quien prefiere no quedárselo y se acompaña con el argumento religioso.

—¿Y por qué no le ayudas a asumirla como propia?

Mi madre reclina la cabeza, suspira.

—Porque conozco mis límites —sube las piernas sobre la mesa ratona, con cuidado de no perturbar el orden de su colección de cajitas musicales, y cruza los pies—. No es mi labor poner en crisis su fe, sino que ella sepa qué es lo que quiere. Independientemente de sus muletas morales.

—¿No se va a arrepentir?

—Se va a arrepentir, a ratos, decida lo que decida.

—¿Tú te arrepentiste?

—A ratos —alarga la última palabra.

La punta de la regadera gotea agua sobre su pantalón holgado.

—Pero ¿sabes qué? Que Estela lo sabe. Ella sabe que esa decisión es suya. Quien de veras cree que es lo mejor para el bebé es ella. Pero es una decisión cabrona y yo también necesitaría ayuda.

Silvia ya solo tiene una mano disponible para escribir. Toma su lápiz amarillo de punta recién afilada con la mano derecha, y con la izquierda su palma custodia su panza, indispuesta a perderse el menor de los movimientos del bebé. Pongo mi taza de té sobre la hoja en la que no escribe para que no se vuelque sobre la otra. Cada vez que nota una señal desde el interior de su vientre pausa la escritura para darse palmaditas en respuesta. Sonríe para sí. En aquel documental sobre bebés explicaban que las madres no vuelven, entre muchas otras cosas que pierden, a dormir tan profundamente como lo hacían antes de tener un hijo. Incluso cuando los niños han crecido, cuando ya son adolescentes casi soberanos, una parte del cerebro de la madre duerme y otra espera el sonido de la cerradura de madrugada: esa apertura de la puerta al otro lado de la casa que indica que su hijo ha vuelto a salvo de la fiesta. La atención de Silvia está dividida entre la hoja y el hijo. ¿Después de despedirse quedará partida su atención y su cuerpo, en dos? ¿Mirará con un ojo a lo inmediato y otro a lo imaginario? ¿Vivirá su día a día siempre con la conciencia de que no está con él, ausente y presente al mismo tiempo? ¿O volverá aliviada a su vida anterior? ¿Cambiará de opinión y se lo querrá quedar? ¿Podría ser parte de sus vidas? Dice Doris Lessing que los bebés recién nacidos son aburridísimos: el Himalaya del tedio. Yo tenía siete años cuando nació Celeste y no puedo recordarlo. Dicen que se trata sobre todo de vigilarlos. Dicen que se vigila con autoridad para castigar, pero también se vigila con amor para cuidar. El borde puede ser borroso. ¿Qué deseamos para el bebé? ¿Cómo se cumple la promesa de la felicidad? ¿Cómo se planea una vida que valga la pena? Si es mujer, ¿cómo se enseña a decir que no, a que se defienda, que exija? ¿Habrá menos violencias machistas cuando empiece a ir a la escuela? ¿Podrá caminar sola y sin miedo por las calles? ¿Será necesario vigilarla, vigilarse también de grande?

Esta mañana, porque me he convencido de que sueño los sueños de Silvia, de que hemos soñado que la bebé es una niña, me pregunto cómo la llamaría. Yo quisiera sugerir un nombre en el que palpite la valentía. Aunque siempre he pensado que si tengo una hija se llamará Celeste. Pero hay que apostarle al coraje más que al origen. Pienso en cómo le daríamos buenos ejemplos. Pienso en este momento que deberíamos tener más claros los principios. Deberíamos tener nuestros propios conceptos sagrados para guiarnos. Algunos nuevos rituales.

La resonancia de las suelas de decenas de zapatos que avanzan a mi alrededor se impone en mis oídos. Es un murmullo continuo. Es la música de una ruidosa banda ambulante que excita mis oídos malacostumbrados al silencio, a los tonos bajos, sumisos, tonos que piden permiso. Me cuelo tímidamente entre la marabunta de mujeres que salieron una a una en cantidades inagotables de una vitrina infinita. No sé cuántas son, cuántas somos. Muchas muy jóvenes, casi todas de mi edad, algunas mayores, de la edad de mi madre, con sus pelos canos, sabios, ancestrales, reflejan el sol de la tarde y contrastan con los atuendos negros color de duelo que nos uniforman. Somos una mancha que oscurece el corazón de la ciudad. Un moretón urbano que procesa una herida. No encuentro a ninguna de mis amigas. No importa, no estoy sola. Me acomodo al interior de un escándalo humano que recorre avenidas. Una mujer atrás de mí grita ¡Estamos encabronadas!, radiografiando los sentimientos compartidos. No había escuchado mi propia rabia así. Y camino, al ritmo colectivo, escondida entre ellas, imperceptible, pero no invisible. Una diferencia nueva. Me recojo el cabello para aminorar el calor. Me arremango la playera como ellas. Las encapuchadas aguantan. Mis brazos desnudos rozan otras pieles. Mis ojos se encuentran con otros, pasean por miradas fijas, fruncidas, enfurecidas. Camino y leo las cartulinas en movimiento que dicen *Seríamos + si no las hubieran matado, La Guardia Nacional también nos va a matar, No me cuidan, me violan, Ni una más, no somos de su propiedad, Si nos siguen violando, seguiremos luchando, Ni una más, ni una menos, vivas nos queremos, ¿Y quién nos cuida de la policía?, ¿Por qué el feminismo te incomoda más que los feminicidios?* Camino contemplando los pañuelos verdes, rojos, rosas; en los rostros, en el cabello, en los cuellos. Los labios violeta. Los puños alzados.

Camino mientras aprendo las melodías de las nuevas consignas. Canto, primero para mis adentros. Acompaño sus gritos atronadores con mi cuerpo presente. Sus voces salen de mí. Circula una bolsa de plástico con diamantina rosa. Recibo la bolsa sin saber qué hacer con ella. Ponte y rólala, me instruyen los ojos de un rostro cubierto por el pañuelo de la Marea verde. La chica a mi lado, mediana y morena, con una playera negra con el escudo mexicano al revés que dice *Estamos Unidas Mexicanas*. Ante mi titubeo, ella sumerge los dedos en la diamantina y con palmaditas cubre mis pómulos de rosa. El sudor retiene la diamantina en nuestras pieles. Concluye, satisfecha, con un gesto que me invita a bajar la guardia. Paso la bolsa, se pierde entre las decenas de manos a mi izquierda. Avanzamos, un pie y el otro, avanzamos en decenas, en centenares, en millares. Incontables y afirmadas. Algunas se quitan la playera. Brasieres de muchos colores. Senos al aire libre. Lluvia rosa. De pronto, ese funeral deviene en una celebración. No reconozco ese hormigueo, ese coraje, esa posesión del cuerpo, ni esa otra intimidad con innumerables desconocidas que me adoptan. Se confunden las lágrimas de tristeza con las de alegría. La ironía de que a veces la alegría llora. Me ofrecen un clínex, lo agradezco en movimiento. Esa cercanía me parece un atisbo de utopía. Empiezo a memorizar, salen palabras también de mi boca. Me regalan un pañuelo abortista, me lo ato al cuello y le pregunto a la chica que los va repartiendo si tiene otro pañuelo para mi madre. Me lo regala enseguida. Me lo guardo en la mochila. Antes de perderse me pregunta si estoy bien. Muy bien. Nos sonreímos victoriosas. No es no, me sumo al canto. Las percusiones de nuestras manos aplauden un redoble, Que te dije que no, canto más fuerte. Redoble. Tomo aire, Mi cuerpo es mío, grito, Yo decido, grito más fuerte. Tengo autonomía, yo soy mía, grito como loca para un coro hermoso y furioso. Exigir es una manera de existir. Aquí estamos. Lloramos las muertes y celebramos la fuerza al mismo tiempo. Hay infinitas maneras, pienso, de hacer el amor. Somos esos cuerpos vivos que se funden y gritan. Gritamos y nos abrazamos. Gritamos a ronco pecho desde las escaleras del Ángel de la Independencia. Escandalosas, desobedientes. Resquebrajamos la normalidad: que quienes salen de trabajar ese viernes por la tarde y conducen hacia sus casas volteen. Que los peatones nos tomen fotos y las compartan para que en sus casas sepan lo que todos callan. Que los empleados de los hoteles y los turistas en los restaurantes vean en nuestra cara la cara de las que nos faltan. *México Feminicida*, escribe una de nosotras, montada en un león de piedra a los pies del monumento. Me pasan un aerosol y escribo en el piso *México violador*. Con la respiración agitada volteo a mi alrededor. No veo en ese momento a un policía, sino a ellas detrás de mí. Me cubro la cara con el pañuelo. Paso el aerosol y me alejo unos pasos para ver el monumento pintado. Es impresionante. La mujer de los lentes y el pelo largo que antes me regaló un par de pañuelos me rodea con el brazo, Mira, hasta que sinceramos al Ángel. Suenan sirenas de patrullas que se acercan. Nos dispersamos. Nuestros hombros chocan mientras avanzamos con prisa hacia el metro.

Le muestro a Silvia fotos trasversales de la marcha, con ángulos inexpertos, de filas de zapatos y piernas, de espaldas, nucas y cabezas de cabello suelto, largo, pelado, recogido, trenzado, pintado. Conservo esa sensación de no sentirme perdida y de sentirme acuerpada, en ese camino que era el destino. Pienso en cómo replicar esa marcha en la vida cotidiana.

—No son muy buenas, pero las tomé así para no olvidar lo que se veía desde mi altura, o para recordar la vista desde abajo, cuando me sentaba un ratito en el piso, en una orilla desde donde observar.

—Son un titipuchal…

Le muestro el pañuelo verde, lo llevo anudado en la agarradera de la mochila.

—Sí, sí lo había visto. En los videos, sobre todo. En SanFe no se puede abortar y la de mujeres que se mueren… Una amiga me dijo que, órale, que me llevaba a la casa de una que te lo saca, una que todos sabemos que lo hace, si le pagas. Y yo, que no, pero ni loca. Yo me voy a la capital a una clínica, le dije.

Desliza varias veces su dedo por la pantalla de mi teléfono celular para ver las fotos chuecas y para que le lea las pancartas.

—¿Qué palabras reconoces?

—*México*, *el*, *no*, *me*, *más*, *el*, no… Esa ya la dije. El este de más, la crucecita…

—El signo de más.

—Ajá. *Te*, *nos*, esta que suena como la otra a *kkk*, la que está abierta —hace una c con el índice y el pulgar—, que tiene la pancita pa' tras y que también está en esta, ¿ahí qué dice?

—Aquí dice *quién*. Toda la pancarta dice *Y quién nos cuida de la policía*. Porque unos policías, el otro día, abusaron de una chava como de tu edad, muy joven, en Azcapotzalco.

Emergen de las profundidades esa tristeza y ese miedo que se han vuelto parte de nosotras.

—Pues es que si te viola tu tío…

No sé si hablarle de todo aquello solo la hace recordar. Después ¿qué hace una con todos esos recuerdos?, ¿dónde los acomoda? ¿Cómo hacerme responsable de los dolores que resucito?

—¿Lo viste en las noticias?

—No, pues es que aquí no nos ponen las noticias.

—Ya. Esta otra dice *No me cuidan, me violan.*

—Pobre muchacha, de veras.

—Y al parecer ya volvieron a su trabajo como si nada.

—Qué horrible, ¿verdad? Yo pienso, ¿cómo nos vamos a cuidar? —le da un trago a su café descafeinado—. ¿Cómo, Julia?

Seguimos mirando las fotografías. Lee, casi por sí misma, las pancartas, las consignas escritas en las playeras, en los rostros. Nos acercamos a las más jóvenes, a las abuelas, a alguna que otra niña que su madre o su hermana mayor lleva de la mano. Entre nosotras, respondo después de un rato mientras contemplamos los puños alzados, los brazos cruzados. Los gestos, las bocas abiertas que gritan, los ceños fruncidos, los ojos con miradas adoloridas, encabronadas, con miradas valientes, entusiastas.

—Yo también estaba muy enojada.

—¿Y tú por qué?

—Pues por todas. Por ti.

—¿Por mí también?

—Claro. Quisiera que no te hubieran ni tocado. Y me hubiera gustado que fueras a la marcha. A ver cómo le hacemos para ir juntas a la próxima.

—Pero pues, ¿eso qué va a cambiar?

—Ya sé que no es terapia… Igual me parece importante juntarnos y ver que, aunque hay mucho dolor, hay mucha memoria. Y sientes mucha fuerza, para exigir, para pensar en acciones que sí funcionen. Sientes mucha rabia pero también mucho amor.

—Pues, estaba pensando, y por eso quería hablar con tu mamá. Es que, como que ya ahora, pues no sé, como que ya no me siento tan, tan enojada, o sea sí, sí, pero es diferente. No sé… No es ese mi problema ahorita. Pero dices que no va a venir, y que si entonces hablo contigo, pero es que contigo es otra cosa.

—Cuéntamelo a mí.

Cuando el doctor Velázquez nos habló de un grupo de neurólogos de la UNAM que desarrollaban una nueva tecnología para leer las conexiones del cableado cerebral en bebés y niños, le prometió a Celeste que si aceptaba probarla ya no tendría que pasar tiempo encapsulada, sola e inmóvil, en el túnel ruidoso de la resonancia magnética. Ahora simplemente colocarían una red con sensores sobre su cabeza mientras ella escuchaba sinfonías de música clásica o *power ballads* —especialmente setenteras—, mientras jugaba conmigo a armar un rompecabezas, a construir una torre con bloques, o mientras bailábamos una coreografía que imitábamos de algún video musical. Había que cortarle el pelo, de preferencia raparla, para que el casco leyera su cerebro.

Ante la inminente calvicie de mi hermana, mi madre sugirió que nos rapáramos todas. Celeste gritó de alegría y aplaudió. Yo lo primero que pensé fue qué dirían mis compañeros de la secundaria. En esas épocas me importaba no ser rara, quería tener las mismas diferencias que los demás. Pero por Celeste me hubiera mutilado. Así que una por una nos sentamos en calzones sobre un banco de plástico dentro de la tina del baño y, con el rumor de la vieja máquina cortapelos que mi padre había dejado, vimos la mezcla de nuestros mechones de cabello de distintos tonos de castaño arremolinarse en la coladera. La que estaba siendo rapada se miraba en el espejo colgado de la pared, sobre el lavabo, al otro lado del baño, para observar ese dejar de ser: cómo la mitad sin cabello empieza a revelar a otra persona mientras la vieja persona sigue ahí.

En las calles nos gustaba llamar la atención, escandalizar silenciosamente a la gente en los juegos del parque, los restaurantes y los supermercados. Mi madre consiguió quitarle ese halo depresivo al acto de ser calva. Disfrutábamos de ser juntas una resistencia a los estereotipos de belleza, sin proponérnoslo ni mucho menos nombrarlo así en ese momento. Simplemente nos gustaba ser extrañas. Nos sentíamos indeseables y seguras. A mi madre le gustaba pensar que pelarse era el antecedente de una historia no autorizada de cierta rebeldía. Bromeábamos con que lo siguiente sería salir directamente desnudas, con nuestras carnes al descubierto por las calles. En la retaguardia, sin embargo, nos mirábamos solas o acompañadas en el espejo sobre el sofá de la sala, como redescubriéndonos en un tono menor: quiénes seríamos sin pelo.

Le traje a Silvia esa fotografía en la que estoy de siete años cargando a Celeste recién nacida. Ese día mis padres pegaron en la pared un cartón con forma de nube de diálogo de tira cómica que dice *¡Ya llegó Celeste!* Me acomodaron del lado equivocado y la colita de la nube que indica quién habla apunta hacia fuera, como si alguien más, omnipresente, diera el anuncio. Me veo fascinada porque amo a mi muñeca de verdad. Estoy chimuela de un diente de leche. Llevo una playera de batik con un Bugs Bunny con rastas y unos pants fucsia de ese delgado material de los noventa que siseaba con el movimiento. Celeste está envuelta como taquito en una manta de muselina blanca con peces azules. Es preciosa y minúscula. Pienso en la bebé de Silvia de mi sueño. En la foto, han pasado algunos días desde el nacimiento de mi hermana y ya no está hinchada. Aunque tiene la mirada virgen, sé que me ve con los ojos de la piel. Reconoce mi voz de tanto que le conté y le canté estando ella dentro de ese primer cuerpo que compartimos.

Silvia comenta mi sonrisa. Me cuesta reconocerme en esa Julia colmada de inocencia que sonríe con todos los dientes. Siento, por un momento, la claridad de esa ausencia específica de mí misma. Toda la vida tratando de recuperar la alegría precisa de esa foto.

Es curioso lo que pasa cuando alguien ve una imagen de tu pasado: buscan pistas, claves para el presente. Se muestra un eslabón en la cadena de personas que hemos sido, otra de tantas versiones. Silvia recarga la barbilla sobre las manos entrelazadas en el borde de la mesa y mira la fotografía con los labios y el ceño detectivescos, a ver si se vislumbra el ahora. Me pregunto si ella conserva alguna fotografía de sí misma cuando era niña, ¿quién era a los siete años? Me pregunto si se aferró a la versión de su madre en algunos retratos.

—Pero así no puedo saber quién era tu hermanita.

Me doy cuenta de que no le llevo una foto de la Celeste que murió a los cinco años. ¿Por qué le llevo la imagen de una bebé?

—Si los bebés son casi siempre bien feos. Esta no tanto, fíjate. Y luego cambian muchísimo…

Guardo la foto y le cuento de la aplicación en mi teléfono, que nos da mucha información imperceptible para nosotras sobre el bebé.

—Ah, pero eso yo ya lo sé, porque me lo dicen los doctores —encuadra con sus manos un espacio como del doble del largo de su libreta roja.

—Pero cambia cada semana.

—No, pues ya sé: si lo siento.

La aplicación dice que un feto de treintaiún semanas mide, más o menos, cuarenta y dos centímetros. Algo así como mi antebrazo, que acerco a la panza de Silvia. Ella se lleva la mano a la boca para morderse las uñas.

—Hace mucho que no lo veo. Yo casi nunca lo veo, lo ve la doctora. Pero el otro día sí lo vi, bueno, lo que entendí, porque en la televisión esa que tienen en la consulta pues nadie entiende nada. Si te explican, sí le distingues los pies chiquititos, las manos, y así. Bueno, ahora ya cada vez más, ¿eh? Si ya está grandísimo.

—Debe ser muy fuerte de pronto verlo.

Silvia se alza de hombros, pero sonríe, como a escondidas.

—¿Con quién vas a esas consultas?

—Pues, con quién va a ser —extiende la mano para señalar a las chicas que están en la sala, en el jardín.

—Por si vas sola. Yo te puedo acompañar.

—Uy, no… Sola aquí nadie va casi que ni al baño.

—Bueno, si quieres que vaya contigo —le anoto mi teléfono en la contratapa de su libreta— dile al portero que me llame del teléfono que tiene en la caseta. ¿Te leo lo que dice aquí?

—¿Y ahora a ti qué mosca te picó que sabes mucho de este?

Sus palabras me retumban en la vergüenza, casi un espacio geográfico en mi cuerpo. Tiene razón, como siempre: ¿por qué no la dejo en paz?

—Pues porque yo he visto tu panza crecer —me ayudo a hablar colocando mis manos en la cintura—. Supongo que lo correcto sería que yo viniera a darte clases sin fijarme. Pero te juro que no me sale. ¿No me puedo sorprender?

—No, sí. ¿Cómo no? —se levanta la playera—. Si yo también estoy igualito de que no me la creo.

Le confieso que siempre estoy preguntándome cómo lo lleva. La veo sobarse, sonreírse, observo el romance que tiene con su cuerpo. ¿Cómo va a despedirse de esa identidad y del bebé? La veo muy segura, pero ¿cuando firme los documentos de entrega va a entregar también sus sentimientos? ¿Se pueden legalizar los afectos? Y le confieso que, desde otra esquina, me pregunto cómo es tener un bebé dentro de la propia barriga. Yo solo tengo una panza normal. Le enseño ese viejo video en el que un reportero entrevista a una señora, la felicita creyendo que está embarazada y ella le dice Ah no, es panza normal. Nos reímos. Ya entrada en confesiones, le cuento que he estado leyendo sobre su desdoblamiento como si fuera el mío. Es otra manera, retorcida, de acompañarla.

—Mira, dice aquí que para la semana treinta y uno ya tiene cejas y pestañas, párpados que se abren y cierran, un poquito de dientes dentro de las encías —ella asiente con la cabeza mientras yo leo y las dos imaginamos—. Ya tiene color en la piel, pero no color de ojos. Los huesos son de una densidad cartilaginosa que se va calcificando. O sea, que se endurecen. Percibe olores y sabores, pero no es capaz de ver todavía. Ya tiene tacto, olfato, papilas gustativas y oído: las ondas sonoras se desplazan por el líquido amniótico. ¡Eso quiere decir que ya puede escuchar música!

Hago un altavoz con mis manos:

—Hola, bebé.

—¿Ya me escucha a mí?

—Sobre todo a ti, me imagino. A lo mejor tu bebé hasta puede escuchar el aire entrar y salir de tus pulmones, los gruñidos de tu estómago, los latidos de tu corazón.

Nos quedamos pensando en el cuerpo como orquesta. Y en ese primer idioma. Esos primeros apegos. El mosaico de sonidos, calores, olores que componen una primera sensación de familiaridad, de origen.

—Ya tiene ciclos de estar despierto y estar dormido.

—Pues si ni dormidos ni despiertos hacen nada, están ahí nomás en su agüita. Por eso son una carga —levanta el dedo índice—. Y luego hay que llevarlos y traerlos y atenderlos y curarlos...

Silvia enlista los verbos del cuidado y me mira con los ojos de mi madre.

—Y lloran y lloran y lloran y ni aunque le subas a la música los dejas de escuchar.

Levanto las manos en señal de rendición. Volvemos por unos segundos a esos breves momentos incómodos. Este silencio espeso entre nosotras no es de aquellos con los que me sitúa en las orillas de su vida para disciplinarme. Es otro tipo de alto. Sus ojos despliegan sus alas, y se alejan de mí.

Me acuerdo de la pareja de Maggie Nelson y para derrumbar el muro invisible que, de vez en cuando y con toda razón, Silvia erige entre nosotras, le cuento de ese hombre trans que atesora la fluidez. Lo atribuye a ser adoptado y a no saber mucho de sus padres naturales. Vive con la libertad de no sentir miedo a convertirse un día en ellos, de no sentirse decepcionado ni amenazado por esas personalidades monolíticas que nos heredan. Al contrario de sentirse abandonado, Harry creció con un sentido místico de pertenencia porque cualquiera podría ser su madre, como si hubiera nacido del mundo entero. Silvia sonríe, no hacia mí, pero sonríe. Yo también. Creo que nos gusta imaginar esa constelación de madres y una vida abierta sin destino psicológico.

Volvemos por un instante frío a una lógica protocolar sin riesgos entre alumna y maestra, sin saber quién es cuál.

—Pero yo lo que quiero —puntualiza sus palabras con el dedo índice sobre la mesa— es que este bebé sí tenga su mamá. No como yo.

Después de un suspiro largo, de esos que permiten un cambio temático, Silvia cierra su libreta y vuelve a dirigirme la mirada para contarme que la noche anterior han celebrado con una cena porque Eulalia se ha ido para dar a luz en una cesárea programada. Estelita preparó un guisado de hongos. La chica de Michoacán preparó churipo y otra preparó una carlota de postre, que por cierto sobró y me ofrece. Escucharon música, las que podían bailar bailaron. Chismearon. Se dieron ánimos. Se desearon suerte. Intercambiaron direcciones y teléfonos con Eulalia. A Silvia ya no la dejaron colaborar ni en la cocina ni en la recogida para que no se cansara. Me doy cuenta de que su embarazo no es para siempre.

—¿Qué hubieras cocinado? —me inclino hacia el piso, donde está mi mochila y saco mi pelota.

—A mí me queda bueno el pipián.

A veces lo que pienso mientras la observo es que no habrá mayor complicidad que un cuerpo dentro de otro. La cercanía total. El abrazo absoluto. El acuerpamiento original. Yo nunca he estado tan cerca de nadie, más que de mi madre, y me pregunto si pasamos la vida tratando de restituir una conexión que ni siquiera recordamos. ¿El amor siempre es nostalgia? En Silvia observo un apego mamífero que no comprendo. Esa conexión parece incluso anterior a lo animal. Silvia y el bebé no se conocen. No pueden ni verse, solo pueden sentirse: una conexión también mística.

Nos sentamos en la sala del albergue y leo en voz alta *La cronología del agua* de Lidia Yuknavitch. Me salto la primera escena entera. Acordamos que ninguna de las chicas les contaría a las monjas que la protagonista fue varias veces drogadicta, varias veces vagabunda, fue abusada por su padre, era hija de una madre alcohólica que intentó e intentó suicidarse, tuvo una relación sadomasoquista con una mujer que le pedía que la llamara mamá y con quien nunca usó su palabra de seguridad, y, en general, desperdició casi todas las oportunidades hasta que encontró la salvación en sus propios términos.

El corte perfecto con el que mi madre regresó de Guanajuato se ha descompuesto. Los mechones levemente ondulados ahora cruzan esa frontera donde termina el cuello y comienza su espalda.

—¿Qué opinas? —gira la cabeza de un lado a otro. Su cabello vuela y se despeina. El nacimiento del pelo emblanquece otra vez.

—Te lo vas a tener que secar y peinar, y siempre has dicho que no te da tiempo.

—Pero así medio revuelto se me ve bien, ¿no?

Se ha reconciliado con la vanidad. Le acomodo un poco el despeinado, la encuentro bonita. Me gusta el placer con el que parece reencontrarse a sí misma, aunque haya algo de ella que siempre me queda lejos.

Me confiesa que ha vuelto los martes y los jueves por la tarde al grupo de padres deshijados. Necesita estar con otras personas que entiendan ese dolor tan incisivo. Se sientan en círculo sobre sillas plegables, toman café, comen galletas de caja y las conchas que ahora lleva. Se presentan y hablan por turnos de quiénes eran sus hijas o hijos, cómo eran sus vidas, cuáles eran sus planes. No hablan de cómo fue el accidente o cómo las asesinaron. Hablan de cómo se enteraron. Del momento en el que te dan la noticia. Son terrores diferentes. Hablan de la última vez que las vieron, las últimas palabras que se dijeron sin saber que no volverían a verse. A veces se levantan de sus asientos para abrazar a quien está hablando, cuando el llanto narra más que las palabras.

—Es lindo abrazarse con desconocidos —dice mi madre.

Se conocen sin conocerse. Son como un coro griego. Hablan de las primeras llamadas, de ese pleito contra la realidad en los trayectos hacia el cuerpo para reconocerlo. Hablan de palparlos, de apretarlos, del descubrimiento de que no les queda ni un poquito de vida ahí dentro. Hablan de la separación de ese cuerpo que fue su hija, de ese otro cuerpo suyo del que fueron un principio. Hablan de tener que irse, dejarlo, quedarse ahí para siempre. Y de volver incompletas a casa. Hablan de vómitos, diarreas, desmayos. A veces hablan de denuncias, de las renuncias ante la injusticia, el cansancio o la necedad ante las trabas legales, de logros heroicos. Hablan de las dificultades para dormir, para despertarse. Hablan de cómo el tiempo deja de avanzar hacia delante. Hablan de no volver a estar solas. Cuenta mi madre que todos comparten un desfase entre el pasado que acarrean y el presente. Todos tienen regresiones en los que por momentos vuelven a habitar la vida anterior a la muerte. Tal vez mientras están lavando los trastes, mientras conducen, mientras recorren los pasillos del supermercado. Sensaciones fugaces con las que el cuerpo y la mente huyen del ahora y se resguardan en el pasado hasta que recuerdan. Viven para esos instantes. Hablan de las pesadillas. Hablan de los sueños en los que se reencuentran. Me confiesa que a los seis años de la muerte de Celeste dejó el grupo porque no toleraba más tristeza. Cada vez que llegaba un padre o una madre que recién había perdido un hijo se hundía con ellos. Necesitaba a personas que no trajeran dolor. Pero ha llegado el tiempo de volver, dice, como si esa dinámica fuera una suerte de casa.

¿Estoy escribiendo a Celeste para sentir algo, aunque sea dolor? Mientras más escribo de mi hermana más me alejo de ella. Yuknavitch dice que cuanto más se pone un recuerdo en el lenguaje: Más probable es que estés haciendo una historia que encaje con tu vida, resuelva el pasado, cree una ficción con la que puedas vivir. Los recuerdos más seguros están encerrados en los cerebros de las personas que no pueden recordar.

Pienso que cuando se termine esta libreta verde, renunciaré a escribir para recordar.

Pienso que cuando se termine esta libreta verde, renunciaré a vivir en negativo, a buscar lo que pudimos haber sido.

Estamos con la palabra *salida*. Un olor a sopa de fideos llega hasta el comedor. A mí se me abre el apetito pero Silvia se queja de que siempre comen lo mismo. Silvia quiere escribir *lagunas* y le prometo no ayudarle. Después de un rato, se me queda viendo: a ver cuánto aguanto sin resolvérselo. Recarga la cabeza en una mano y su mirada cambia: busca fuera del dominio del ojo. Ahora me está examinando, como con ganas de desenmascarar lo que, en general, me esfuerzo en ocultar.

—¿Quieres escucharme?

—Sí.

—Bueno. Entonces, tienes que preguntarme, déjame ver —olvida los materiales y se masajea un ratito la barriga con las yemas de los dedos—, cómo han cambiado mis sentires en los meses desde que estoy aquí.

Echamos un vistazo a este lugar del que no puede salir. La luz se derrama sobre los pétalos de las flores que trepan los muros y se cuela entre las ramas de los árboles. La puerta metálica del trastero hecho capilla está entreabierta, por si alguien necesita la soledad.

—¿Cómo han cambiado tus sentires desde que llegaste a este lugar?

—Bueno —sube con un gemido las piernas a la silla de enfrente, cruza los pies y se gira, dándome un poco la espalda—. Primero sí. Pues sí estaba enojadísima. No conmigo, con él. Porque ya hace tiempo que me venía metiendo mano, como tú dices. Pero pues no se pasaba y luego me dejaba tranquila. Luego otra vez. Yo le decía Qué hace, qué hace, y él decía Nada, nada, pero ahí estaba pegándoseme. Y después lo odié. Lo odié de verdad. Yo soy capaz de odiar, Juli. Yo nomás recuerdo el ardor. Y el techo, pues, de cuando abría yo los ojos y veía el techo. Cómo se me movía todo.

Y me sentía que era una de esas muchachas a las que yo antes veía y pensaba qué tonta, cómo se fue a embarazar, por qué se dejó. Así pensaba, que ellas se habían dejado, que era todita su culpa, y pues que qué pendejas. Y pues ni modo de no pensar que yo también me había dejado.

Detiene en seco su relato. Gira su cabeza para cerciorarse de que la estoy escuchando. Mira hacia abajo, quiere saber qué hago con las manos.

—Ahorita ya no pienso así, ¿eh?

—Te entiendo. De verdad te entiendo. Supongo que no debería decirte lo que yo pienso, pero qué hijo de la chingada. Lo odio.

Silvia asiente con la cabeza y prosigue:

—Digo, yo lo dejé entrar. Pero pues es que ni modo de no dejarlo entrar, si es mi tío y entra y sale todo el tiempo. Él nos da dinero, desde que mi mamá dizque se fue a buscar trabajo. Juega con mis hermanitos. O sea, es que no es mala persona, te lo juro. O no siempre, no sé. Pero pues sí es, ¿no? Ese día yo vi clarito que estaba borracho y no lo saqué. O no me fui. Yo ahorita digo, ¿y por qué no me fui? Me hubiera ido yo corriendo. Ni lo intenté bien, o sea, no como tenía que haberlo intentado. No me fui. Yo no quería que se me subiera encima, como que no entendía si estaba jugando. Es grandote, él. Me le quitaba y él me apretaba otra vez. Aquí mis compañeras me dicen que por qué yo no me defendí. Pesa mucho, no me alcanzaba la fuerza. Cuando me di cuenta, ya no me le podía escapar.

—No tienes que disculparte.

—No, si no me estoy disculpando.

—Una no sabe qué hacer y además, cuando te tienen agarrada, no se puede. Y da mucha angustia, ¿no?

—Muchísima, muchísima.

—Te entiendo, a mí algo así me pasó. Y tampoco me fui ni lo saqué. Ni grité ni nada.

Silvia baja los pies del asiento de la otra silla y se gira entera hacia mí.

—Pues es que eso nos hacen, ¿verdad? ¿Cuándo fue?

—Cuando era niña. No entendía. Pasó muchas veces. Primero me tocaba y luego pues también hizo lo que quiso conmigo.

—Qué feo, pobrecita de ti —me soba el brazo.

Me sorprende cómo su tono de voz grave, su mirada despierta, los movimientos de sus manos y su cuerpo embarazado mezclan el encabronamiento con la serenidad, dispuesta a seguir y no parar hasta llegar al otro lado del trauma.

—A mí también me hubiera gustado ponerme como loca.

—Sí, ¿eh? Yo pienso ¿Y si hubiera gritado?, pero pues quién sabe si te pega para callarte, ¿verdad? Quién sabe si alguien de veras hubiera venido, si me hubiera ayudado.

Silvia hace otra pausa. Suena hasta ahí dentro la melodía de un trompetero que recorre las calles de la colonia San Ángel tocando "Morir y renacer" que, en esta mañana específica en la que Silvia y yo nos hilvanamos, me parece una melodía casi bella que cuela la Ciudad de México en esta casa amurallada.

—Y nadie ha de quedarse embarazada si no quiere. Pues porque nadie debiera vivir esto —se señala el cuerpo de la cabeza a los pies, porque el embarazo no solo acontece en el centro—, pues, por obligación —y se da una palmada energética en el muslo—. Pero, bueno, yo no sabía, no pensé que tuviera que ir al doctor. Porque —cruza los brazos detrás de su larga cabellera— a lo mejor no me llegaba porque yo qué voy a saber, por no comer bien, por no descansar, dicen que también por eso, ¿no? Pero, cuando ya sí supe, porque no me llegó en un chorro de tiempo, mi abuelita me regañó, qué cómo iba a ser, que no se lo esperaba de mí, que si yo era igual que todas, que si no me había ella enseñado pues a ser decente. Se puso bien triste, porque se decepcionó de mí.

Le pregunto a Silvia si le ha dicho a su abuela que fue su tío.

—Ella me preguntó que quién era el que se tenía que hacer responsable para que lo fuéramos a buscar, pero yo nomás le dije que no, que no importaba. Es que es su hijo. Pobrecita. Y porque, déjate tú que se supiera, porque yo no lo quería tener. Porque pues yo siento que no quiero ser la mamá de este bebito —dice bebito con ternura mientras lo acaricia a través de la panza—. Y me dijo que ella conocía quien me arreglara. Para ella no es de Dios sacárselos, pero no hay ni dónde meter otro chamaco. Si más bien me urge que crezcan los más chiquitos y se cuiden solitos. Ay, si vieras… Sí los quiero mucho, no creas, pero es que a veces me dan ganas de… ni te digo. Imagínate otra vez desde el principio. Me dijo que es pecado, todo ese choro que a mí me vale madres, y que ella también se sacó uno una vez, se puso malísima. Casi se queda ahí. Y yo me sentí horrible de preocuparla. Y en vez de hacer algo para tranquilizarla, que me vengo para acá. Como que a veces una no sabe por qué hace las cosas hasta después, ¿verdad?

En el estudio estoy leyendo *Tarantela*, de Abril Castillo. Algo en esa novela tristísima me hace extrañar aún más a Celeste. La narradora lleva un diario, va a terapia, tiene un hermano, a veces hospitalizado en un psiquiátrico. Ella le escribe cartas cuando no puede visitarlo. A veces las cartas son dibujos. Me duele pensar que si Celeste hubiera vivido más años hubiéramos podido ser amigas. En la novela, el hermano es la educación sentimental de la narradora: con él aprende qué es el amor, qué es el cuidado. La autora dice que los padres te hacen daño pero los hermanos te salvan. Yo hubiera querido que Celeste y yo nos salváramos. Yo hubiera querido tener siempre a Celeste conmigo para no buscarle sustitutas.

Silvia se arrastra en unas chanclas y unos calcetines negros de lunares blancos. Una sudadera enorme con el logo deslavado de Morena le cubre la parte superior de un camisón de corazones.

—¿Cafecito descafeinado?

—Sí, eh. Gracias.

—¿Qué haces aquí en sábado?

—Pues, pensé que a lo mejor tú también estabas sin nada que hacer.

—Bueno, pues aquí como que siempre es sábado…

Ahí dentro no hay ninguna sensación de quiebre con la cotidianidad, un día de descanso o el día más esperado. Viven como en un bucle de tiempo y es verdad que los sábados tienen cara lo mismo de martes que de viernes.

—Nomás que hoy tenemos profi. ¡Quédate a la clase! Así me aburro, pero contigo. La partera es medio atarantada, pero bien buena onda.

—¿Profiláctico?

—Psico —se señala la cabeza con un dedo índice— profiláctico.

Nos sentamos en la mesa del jardín porque algunas de las chicas todavía desayunan en el comedor. Alcanzo a escuchar que están debatiendo el divorcio de Shakira y no se ponen de acuerdo entre que él es muy guapo y cómo pudo dejarlo, y que la entienden porque una siempre se harta de lo mismo y quiere más. La media mañana es clara, pían algunos pájaros y este jardín me hace creer que estamos en las afueras de la ciudad.

—Yo me la viviría aquí en el jardín.

—Sí… A las que son de ciudad les gusta mucho el jardín, pero a las que somos del campo, pues menos. Si está bien chiquito.

Y está cerrado, así qué chiste. Pero sí es bonito, con el pasto bien cortadito, ¿verdad? Aunque mira la jacaranda, ya está pelona.

Una señora alta se aproxima hacia nosotras, seguida por otras tres chicas embarazadas. Silvia se endereza mientras las otras se van sentando a nuestro alrededor con un coro de gemidos y Buenas, Buenas. La señora, sonriente, pecosa, de ojo claro y cejas negras a lo Frida Kahlo abre un fólder sobre la mesa y lo hojea medio apurada. Nos pregunta cómo estamos sin voltear a vernos, mientras busca la lección correspondiente. Encuentra su capítulo, coloca las hojas sobre la mesa para agruparlas; levanta la mirada y da cuenta de mi presencia.

—¿Tú cómo te llamas? —me habla como dándole la bienvenida al nuevo miembro de un clan.

Silvia me da un codazo.

—Julia.

—¿Y cuánto tienes, Julia?

—Ah, no, no. Yo —titubeo, me estiro la playera para demostrar que mi gordura no es de embarazada y que yo no debería estar ahí sentada entre ellas.

—¿No sabes todavía? —pregunta con un poco de preocupación.

—Sí sabe —interrumpe Silvia.

Las otras me miran entretenidas.

—Dile, ándale. Estamos en confianza, ¿verdad que sí? —todas asienten.

—Cinco meses.

Me doy cuenta de que ninguna de ellas planea delatarme, por el momento.

—Ah, pues ya se te nota —dice Mari Carmen.

La profesora responde que, aunque es muy pronto para mí, soy bien recibida en la sesión.

—Gracias —gobierno mis nervios.

—Muy bien —la maestra se arremanga su larga camisa de lino blanco—. A ver, ¿qué les viene a la mente cuando piensan en el parto? Digan lo primero que se les ocurra.

—Dolor —dice Juani.

—Gritos —completa Mari Carmen.

La maestra nos cuelga la mirada a una por una. Espera que todas participemos con por lo menos una palabra. Yo solo he visto partos rápidos y dramatizados en las películas, leído a una o dos parturientas en novelas y escuchado, eso sí, esos ritos de paso de mi madre. Empiezo a imaginarme cómo será para Silvia. La pienso en la cama de una habitación fría, se dobla hacia delante, grita como poseída, con las piernas abiertas debajo de una bata blanca. No quiero que esté sola en el hospital.

—Nacimiento —responde Silvia.

Después pienso en el parto de Celeste. ¿El parto fue de Celeste o el parto fue de mi madre? He escuchado esa historia tantas veces que la recuerdo como si hubiera estado ahí. Pienso en mi madre, en sus contracciones volcánicas, sus pujidos agotadores e inoperantes, durante horas larguísimas, resumidas en una salida finalmente instrumental.

—¿Cansancio? —respondo y espero que ninguna monja o enfermera me vea. Me siento como cuando la protagonista de *El libro de Aisha* sale a la calle con un vestido hijab, después de que su hermana se convierte al islam, solo para saber qué se siente. La narradora quiere probar la experiencia de la otredad que eligió su hermana para acercarse a ella. Termina en un templo con otras mujeres aprendiendo a rezar.

La maestra se quita los lentes como quitándose la autoridad y nos explica que estamos malacostumbradas a asociar la palabra *parto* a la palabra *dolor*. Es uno de tantos reflejos condicionados. La sesión de hoy es para desmitificar que *parto* significa *sufrimiento* y, se da golpecitos con el índice en la frente, entender que *parto* es igual a *trabajo*. Saco mi libreta verde para tomar nota.

En la sección de Silvia en mi libreta apunto también la idea del parto como maratón. La maestra nos invita a explorar nuestros límites para aprender a aguantar el cansancio. Conocernos así, de adentro hacia afuera, por el camino del cuerpo. Subrayo esa nueva idea de resistencia. Dice que tenernos encerradas en esa casa, a pesar del jardín de cuento, no es de ninguna manera bueno para el embarazo. Si ella fuera directora del albergue nos llevaría a caminar al Bosque de Tlalpan o al Desierto de los Leones. Si de ella dependiera caminaríamos cuesta arriba por las faldas de los picos de la ciudad más contaminada del mundo.

—Todas son primerizas, ¿verdad? —la partera se pone los lentes porque no puede pasar la sesión entera tratando de enfocarnos.

Yo había oído hablar de las contracciones falsas y las falsas alarmas, de las aguas que chorrean entre las piernas cuando se rompe la fuente. Había escuchado de la dilatación y la expulsión. Pero no sabía que los órganos y las articulaciones se desplazan, que la pelvis se expande para que el bebé atraviese a la madre y que el bebé también trabaja durante el parto. La labor es de los dos. No sabía que las contracciones del primer cuerpo masajean la piel, los músculos, el cerebro del segundo para que termine de formarse. No sabía que los bebés por el parto nacen despiertos. Una ayuda primero aguantando y después pujando. Ese es el trabajo. Tomo nota por las dos. Para ese y otro tipo de alumbramientos, más bien metafóricos. Para sobrellevar las contracciones del vientre y de la vida. Para que cuando sintamos que viene el dolor, sepamos darle la bienvenida. Inhalar y aceptar y exhalar. Decirle adiós. Llega y se va como una ola. Y ni las peores olas duran más de un minuto.

—¿Y si te revuelca la ola? —pregunta Ángeles.

—Es porque no estabas preparada para recibirla —la maestra habla con una energía, más que contagiosa, abrumadora.

—Pero sí duele muchisisísimo, ¿no? —se anima a preguntar Juani, mordiéndose las puntas del pelo.

La partera responde que sí. Pero se puede aprender a vivir el dolor sin sufrirlo.

—Las perras, las gatas o las yeguas no tienen anestesia.

Apunto también que no todos los dolores son iguales. El dolor de garganta es malo porque anuncia la enfermedad. Si nos duelen músculos desconocidos porque sentimos la cabeza del bebé encajándose en la vagina para cruzar al otro lado que es la vida, ese es un dolor que agradecer. Si entendemos que el dolor es necesario porque activa la función de parto vamos a llevarnos mejor con él.

—Parece el enemigo, pero es nuestro aliado —levanta el dedo índice.

Mis compañeras se miran las unas a las otras, levantan las cejas, aprietan los labios.

—No es doloroso, es poderoso —circulo la frase.

Rosario cuenta que cuando su madre estaba embarazada salía descalza al campo para dejarse picar los pies y las piernas por hormigas y así aprender a soportar.

—¿Es feísimo?

—El umbral del dolor es cultural —anoto. El dolor es puritita educación. Nos han enseñado a temer el dolor y le huimos. Nos han acobardado.

De los siete partos de la partera el mejor fue el primero: cuando sintió las contracciones primeras le dijeron que todavía faltaban las peores y se hizo, entonces, a la idea de que ese dolor era casi insignificante en comparación con las próximas, en serio tortuosas. Resulta que aquellos latigazos ya eran los más dolorosos.

—¿Es verdad que te puedes hacer caca?

—¿Y lo de las preocupaciones qué?

La maestra se pone de pie para abrir la sombrilla de lona encajada al centro de la mesa de hierro, que nos protegerá del sol de la una de la tarde.

—Ustedes tienen que prepararse para dejar de estar embarazadas. Para tener un hijo. Una puede facilitar el parto o dificultarlo.

Silvia desvía sus pupilas hacia mí. ¿Después de la ruptura de la continuidad de sus cuerpos, cuando sean dos personas diferentes, cuando se alejen sin rutina que los obligue a conocerse, Silvia necesitará una panza transicional?

—¿Y si voy a darlo? —pregunto y entrelazo las manos sobre mi vientre no embarazado.

—Pues mira —la maestra se cruza de brazos y cierra su fólder—, el parto también sirve para atestiguar que el bebé estaba dentro y ahora está afuera. Sirve para darle la bienvenida. Y para despedirse. Pero hay que estar presente. El cuerpo tiene que decir que sí. Ya luego ustedes deciden si quieren mirarlo, cargarlo o decirle adiós de lejitos. Y después, si lo necesitas, pide que te cambien de piso para no escuchar ni ver bebés.

Si en el cuerpo se nace, ¿por el cuerpo se muere primero? De pronto creo que entiendo lo que mi madre comparte con estas mujeres: ese acto de la despedida.

—Lo importante es que lleguen —vuelve a darse golpecitos con el dedo índice— sin dudas. Lo importante es que lleguen dispuestas a parir. Una tiene que querer que el bebé salga, nos deje y haga su vida, con una o sin una. ¿Tú ya estás decidida?

—No —titubeo.

—Bueno —Silvia estira las piernas y cruza los pies—, ella no está embarazada.

La partera me mira descolocada.

—¿Y entonces qué haces aquí?

Siete años después de una cesárea de emergencia, el cuerpo de mi madre no fue capaz de expulsar a Celeste. Con razón no querías nacer, le dijo a mi hermana alguna vez, ya enferma, aunque quién sabe si fue Celeste la que opuso resistencia. Después de horas de trabajo de parto, desesperada mi madre, desesperados los doctores y las enfermeras, cuando la bebé por fin coronó, su corazón apenas palpitaba. Abriéndose paso a este lado perdió oxígeno en el cerebro. Los doctores utilizaron fórceps para presionar las frágiles sienes de Celeste, en contra de los gritos de mi madre. Tiraron con fuerza de su cabeza para obligar su salida. Cuando mi madre se pudo dar cuenta, entre los latigazos encendidos de las contracciones y el agotamiento de pujar y pujar, aturdida por la luz blanca de las mamparas, ya se la estaban jalando con esas tenazas metálicas, tal vez con inexperiencia, sin calcular la fuerza. No parecía importarles que desgarraban a mi madre ni el daño neuronal que le harían a mi hermana. Sin pensar que esa no es manera de nacer.

Mi madre logró que el dolor de perder a mi hermana no la transformara en un ogro que vive escondido en las profundidades del bosque. Logró que su sufrimiento no exigiera tratos especiales de los demás, ni lástima ni mimos. Que nadie nos malcriara, que nadie viera en nosotras la tragedia.

Está sentada de piernas cruzadas en un sillón nuevo color gris que al empujar con la punta de uno de sus pies descalzos le permite mecerse. Mi madre lleva puesta una pijama roja con lunares blancos y teclea en su teléfono celular sin parar. Es irónico que tomo nota de sus atuendos a pesar de que no son importantes y esos sí los recordaría. No recibo otro saludo que un ligero levantamiento de mirada, cuando entro y me dejo caer en el otro sillón que ahora respecto al nuevo parece viejo. Le pregunto por su última adquisición y me responde por encima de sus lentes que se lo merece. Y vuelve como con prisa a la pantallita.

—Oye, ma.

Responde con un murmullo sin interrumpir su tecleo.

—Oye, ma.

Sobre el cabello despeinado de mi madre reparo en la enorme foto en blanco y negro de Tlatelolco en los sesenta que cuelga de la pared. Es casi retrofuturista. Nos ha acompañado desde que tengo memoria. Siempre he pensado que Armando Salas Portugal debió haberla tomado de madrugada por cómo resplandece la luz del sol sobre los edificios y porque hay una sola persona en la explanada, un barrendero diminuto. La imagen tiene un aire soñador de progreso, una expectativa del resto del día, una apuesta por el futuro que ahora recordamos como otra promesa rota.

—Oye, ma.

—¿Qué quieres? —responde con un poquito de hartazgo.

—¿Nunca se te ocurrió acompañar a alguna de las embarazadas a su parto?

Me da una negativa segura y contundente, que no le creo pero acepto.

—¿Qué haces?

—Nada —deja el teléfono por un momento sobre su regazo—. ¿Qué pasó?

El ir y venir de su cuerpo en la mecedora le da un aire de sabiduría.

Le digo que estaba pensando qué pasa con las chicas, si siempre las llevan a un hospital o dan a luz ahí mismo en el albergue, si dejan que alguien las acompañe, si solo pueden ser familiares o podría ir una amiga. Y ¿dónde termina el bebé, en una agencia, una casa cuna, directamente con los nuevos padres?

—Este albergue pertenece a una red que trabaja con diferentes agencias que sirven, pues, para no darle el bebé a una pareja de psicópatas, sino a un par de personas decentes —mi madre entrecomilla la palabra—. Es más fácil, o menos difícil, si son dos, y si son hombre y mujer. Ya sé —anticipa mi objeción—. Ya sé. Yo no hago las reglas. Si yo soy madre soltera, qué te voy a decir. Pero, en el mejor de los casos, se los dan a dos personas que se mueran de ganas de tener un hijo y que pasen una serie, espero, de pruebas psicológicas, quizá físicas, de salud. El trámite es bastante desalentador, de hecho.

—O sea, ni yo ni tú podríamos adoptar uno.

—Tú, bajo ninguna circunstancia. Yo, por la edad no creo, fíjate.

—Legalmente.

—Legalmente, claro —mi madre vuelve a mecerse.

Quiero hablar de los engranajes de la adopción con mi madre porque estos días he estado buscando cómo adoptar un bebé en México. Solo me interesa conocer los pasos, largos y complicados, para más o menos saber el futuro del bebé de Silvia.

Voy por su computadora, que estaba sobre la mesa de la cocina, prendida y con una página abierta de una agencia de viajes y un servicio de citas a ciegas.

—¿Y eso?

Sonríe para no darme explicaciones.

—¿Cómo llegaste hasta esta aplicación?

—Busqué un tutorial en mi teléfono.

—Guau.

—¿Viste?

Me pongo la computadora en las piernas. Lo que encuentro es que es mucho más fácil corromper el trámite legal en México, donde absolutamente todo tiene un precio. Encuentro un reportaje que cuenta la historia de once madres de Guadalajara que, por tres mil pesos, prestaron a sus recién nacidos para una campaña publicitaria contra el aborto. Pero en el documento que firmaron le cedían la custodia de sus hijos a un grupo de parejas irlandesas. La nota denuncia una red nacional de tráfico de hijos de madres que no sabían leer y escribir. Colima es el paraíso de las adopciones ilegales por la vaguedad de sus leyes. Al parecer, los extranjeros pagan al intermediario unos quinientos mil dólares. Los mexicanos pagan más o menos medio millón de pesos por un bebé.

Me pregunto si el bebé de Silvia no será adoptado por una pareja que más bien ha comprado a un recién nacido.

Leemos noticias de apenas hace uno o dos años sobre redes transfronterizas de trata de lactantes operadas por funcionarios públicos mexicanos. Las frases con las que presionan a las madres para que renuncien a sus bebés: argumentos religiosos, morales humillantes. Especialmente a las madres primerizas, las madres jóvenes, sin dinero, sin educación. Madres que viven en el campo, los pueblos, las periferias, pero también en las ciudades. En las casas de maternidad improvisadas, en los albergues oficiales. No nos sorprende que no todos los bebés salgan a la venta ni cuesten lo mismo. Leemos sobre las cantidades estratosféricas que corrompen a los burócratas culpables de fraudes de adopción y a los procuradores que encubren la producción ilícita de actas de nacimiento con las que certifican a los compradores como padres biológicos.

Tengo una lista de canciones tranquilas para el bebé. No lo queremos alocar. Saco mis audífonos de la mochila y los coloco sobre la playera de Silvia, de manera que las ondas sonoras se dirijan al vientre.

—A ver, ponle la de "Yo te esperaba" de Alejandra Guzmán.

Le doy *play* y Silvia cierra los ojos, esperando alguna reacción. Un movimiento que pueda significar que escucha. Un estiramiento, un codazo, un pequeño baile.

—Está bajito, ¿verdad? No se nos vaya a quedar sordo.

Mientras esperamos, una enfermera que atraviesa la casa se detiene un momento frente a nosotras y le dice Pero si estás perfecta. Silvia le agradece y luego me dice:

—¿Qué quería?, ¿verme hecha una piltrafa o qué?

Sonreímos.

—Además a mí no me gusta quejarme. Me cansan las personas que se están quejando todo el tiempo. Es un mal ejemplo, Juli.

Le pongo "Solo Dios sabe" en la versión de Charly García, porque es hermosa y libre de promesas.

—Se mueve, se mueve —Silvia se emociona. En ese momento corroboro que su alegría tiene un poder secreto sobre mí.

Toma mi mano y la pone debajo de uno de los auriculares. El movimiento es clarísimo. La piel dura de la panza se deforma.

—¿Quién canta esta canción?

Le digo que se ponga ahora ella los audífonos y la repito.

El bebé continúa moviéndose mientras su madre escucha con los ojos cerrados esa breve e intensa canción sobre la incertidumbre.

—Charly García, un argentino —me responde con un gesto de órale pues—. Luego te la paso.

Me quedo pensando en cuál será la mejor manera de entregarle una lista de canciones para cuando se vaya. A lo mejor otra lista de canciones para el parto. Piezas con tambores que le den coraje. Música que se sincronice con las frecuencias de su cuerpo. Música para que tome al dolor de la mano. Pienso en esos cánticos para el trance, en coros de mujeres alrededor de una parturienta para transmitirle su fuerza.

—Ponte una más animada, ¿no tienes la de "Tonta" de Mojado?

La busco, la pongo, y trato de explicarnos que el bebé no escucha la melodía sino que siente las vibraciones y los ritmos, que es otra manera muy interesante de escuchar. Para el bebé la música es movimiento.

—¿Pero no dijiste que escuchaba mi voz?

—Sí, pero por cómo se siente tu voz, más que por tu tono, que es bastante sensual —intento imitarla—. Ahora a las treinta y tres semanas ya reacciona a esa sensación.

—¿Me llevas la cuenta?

—No.

Silvia se talla los ojos. Arroja los audífonos a la mesa y a mí una mirada no iracunda sino desafiante.

—Tú quieres entender por qué yo lo voy a abandonar, ¿verdad?

Se cruza de brazos y los reposa sobre la mesa de cristal. Me dispongo a recibir sus palabras como balas, pero su voz grave se desprende de sus labios ya suavizada.

—Mira... Tú has de creer que yo si quiero me puedo quedar con el bebé, y llevármelo a mi casa. Has de pensar, ¿y esta por qué no quiere ser mamá de su hijo? Yo sé que tú piensas eso. Yo sé que muchas aquí piensan eso de mí. Pero yo no quería tener un hijo. Yo no dije Quiero tener un bebé. ¿Con quién lo tengo? A veces pienso que sí debí haber abortado, me hubiera yo ahorrado esto de tenerlo aquí en mi entraña. Aquí, mira. Aquí, así de cerquita lo tengo. Me hubiera yo ahorrado esto de estar conviviendo con él. ¿Y para qué? Para tener que despedirme. No hubiera tenido que conocerlo, o sea, como ya yo siento que lo conozco ahorita, pues. Y, bueno, qué pinche parto doloroso que nos tiene a todas muertas de miedo ni qué nada, y que dicen que es lo menos peor. Tú vas a decir, pues que se lo quede y le eche ganas. Pues porque eso es lo que dicen las que sí se lo quieren quedar. ¿Y cómo le voy a echar ganas? Porque yo o lo cuido o le echo ganas. A mí nadie me va a ayudar. ¿De dónde sacamos para comer todos? ¿De dónde, Julia? En mi casa no hay ni comida ni ropa ni nada para él. ¿Tú crees que él va a querer crecer conmigo en una casa donde ni cabe? Si ya estamos todos bien apretados. Pon tú que sí, que nos las arreglamos, que a ver cómo le hacemos, pero cabemos y comemos todos. Ni así, Julia, porque yo no quiero. ¿Sí me entiendes? Si tú crees que yo puedo hacer lo que yo quiera: yo no quiero.

—¿Y qué puedo hacer yo por ti? ¿Qué necesitas?

—Pues que no me trates como una niña chiquita.

—Solo quiero que sepas que no estás sola.

—Sí estoy sola.

Nos miramos a los ojos lo que me parece un buen rato. Ya sabemos estar en silencio. Silvia toma una bocanada de aire y levanta la vista.

—¿Tú no quieres también lo mejor para mí y para el bebé? —hace una mueca de tregua, como si el bebé fuera un poco mío también, como si fuera un amigo que calladito ha estado entre nosotras, escuchándonos y participando a su manera durante estos meses.

Digo que sí con la cabeza y una sonrisa de lado.

Cuando ve que inclino hacia abajo la cabeza para esconderle mis lágrimas, me da un par de palmaditas en el hombro.

—¿Y tú por qué vas a llorar?

—No sé…

—Ya, ya, Juli —me aprieta una mano—, no se puede ser tan llorona.

Asiento con la cabeza, pero mi llanto es penoso e ingobernable.

—A ver, a ver. ¿En qué palabra nos quedamos? —me pregunta con voz quebradiza.

Mi mano derecha tiene prisa y no logro hilar las letras en palabras claras. Me salen unas cursivas que se deslizan como una serpiente sigilosa por los renglones. Una soga que de pronto se suelta. A ratos es casi una línea recta que apenas ondea nerviosa sobre un débil horizonte rojo. Estoy desarticulada. No he sido cuidadosa. Quiero reprocharme por escrito haber cuestionado a Silvia. Quiero culparme por escrito no poder ofrecerle una alternativa. Quiero firmar que he aprendido que es un error creer saber qué es lo mejor para ella. He traspasado la frontera hacia su privacidad, escribo en letras apuradas, mal cosidas. Termino escribiendo ningún signo, nada más que renglones de una línea que escapa, se enrolla en sí misma al ritmo contradictorio del péndulo de mis pensamientos incompletos.

Esta mañana de noviembre suena el teléfono en la caseta del portero del albergue. Es un teléfono viejo con un cable en el que puedes enredar el dedo. El portero habrá salido, el teléfono no deja de sonar. Mientras nosotras estamos en clase aprendiendo a dividir la palabra *futuro*, las otras chicas van pasando a nuestro lado, de manera esporádica, por el pasillo en dirección a la puerta de entrada de la casa. Escuchamos que se reúnen alrededor de Juani, que ha contestado. Al otro lado del auricular, en algún lugar de Hidalgo, una chica gugleó Estoy embarazada y no sé qué hacer, y encontró el número del albergue entre los primeros resultados. Juani la escucha. Tapa la entrada de voz del teléfono y nos reporta que la chica no sabe si decirles a sus padres, no sabe si decirles a sus amigas, no sabe si decirle al tipo con el que se acostó. No es su novio y no sabe si quiere que sea su novio.

—Está perdida.

Estelita, cuyo bebé se va a salir en cualquier momento, le arrebata el aparato y conversa un momento con la chica.

—Ay, sí. Sí te entiendo. Así más o menos nos pasó a varias de las que estamos aquí.

Mari Carmen le quita el auricular a Estelita y se presenta con la chica.

—¿De cuánto estás, mija? Ajá. ¿De cuánto le calculas? A ver, ¿cuándo cogiste? Bueno. Mira, primero, que sepas que tienes opciones, mi niña.

Vemos a Mari Carmen doblar las rodillas en una posición para no cansarse mientras está de pie, con una mano se soba la panza y con la otra sostiene el teléfono.

—Sí, si estás bien chiquitita. Pero igual te pudo haber pasado de más grande, ¿eh? No, no te preocupes porque vas a estar bien

—mueve hacia arriba y hacia abajo la cabeza—. Sí, sí, sí. Pues, chíllale y cuéntanos.

Mi cuerpo se cuela con mayor facilidad entre ellas hacia el interior de la caseta y puedo desdoblar una silla que estaba recargada contra la pared, detrás de la cama individual del portero, hasta donde no llega el cable. Mari Carmen se sienta en la silla sin dejar de hablar.

—Así pasa. Así es esto.

Al cabo de un rato, Ángeles levanta la mano, Mari Carmen le pasa el teléfono.

—Mira, te voy a pasar a mi compañera Ángeles, ella te quiere escuchar.

Ángeles se presenta y le pregunta que cómo se siente.

—Pero ¿tú qué quieres? Corazón, ahorita que te calmes tienes que ponerte a pensar si quieres o no quieres ser mamá, porque estás a tiempo. Bueno, y si no estás a tiempo, de que se puede se puede. Mira, aquí no dejan que vengan visitas —tapa la parte baja del auricular y le dice a las demás que a lo mejor mi mamá puede ayudarla a entrar—, lo bueno sería que nos vieras. Yo creo nomás de vernos se te va a quitar la duda.

Ángeles se sienta y le dice que no se vaya a quedar sola, que si no tiene a nadie venga y si lo que necesita es hablar con alguien, ahí las tiene. La chica al otro lado conversa también con Eulalia, que le dice que no sea tonta y aborte. Y después con Rosario, que le pregunta si tiene una religión. Silvia y yo escuchamos recargadas en el marco de la puerta de la caseta.

—Mira, ¿te digo lo que yo creo? —pregunta Rosario—. Yo creo que una sí sabe. Cierra los ojos y pregúntate y escúchate. Sí sabes, pero a lo mejor no quieres saber, pues porque estás asustada. Es que la noticia es así de Órale, pérate, qué está pasando. Pero luego viene un momento yo digo que de aceptación de las cosas y ahí una puede entenderse mejor.

Entre las palabras de todas corre, como un río, una sensación más antigua que ellas. La chica ha dejado de llorar. Rosario se quita el auricular, lo agita en el aire para ofrecérselo a Silvia y ella, que miraba absorta el piso con los brazos cruzados, intercambia lugares y, como sus colegas, le dice Hola, su nombre y que, más o menos, por lo que ha escuchado, entiende su situación. Conoce esa angustia específica. A ella también le hubiera gustado que en ese preciso momento alguien la hubiera de veras escuchado y nadie le dijera qué hacer.

—No le vayas a decir a nadie, mejor. Si eso es lo que te da temor, no le digas a nadie, nadie tiene por qué saber. Yo le dije a mi abuelita y de nada sirvió. No, no estás solita. Qué no ves que estamos todas nosotras, bueno, no nos puedes ver, pero aquí estamos. Es que mira, una cosa es, por supuesto, si tú quieres ser mamá, ¿verdad? Eso yo creo que es lo más importante que tienes que saber, pero también yo te diría que si quieres estar embarazada, porque no es cualquier cosa, ¿eh? No es como que una pueda ver para otro lado y hacer como si nada.

Silvia se levanta de la silla, como adolorida, y empieza a mecer su cuerpo de un lado a otro.

—Pues ahora sí que lo que tú quieras. Cómo no va a estar difícil, pero así es la vida. Piénsalo, pero como dice Estelita, piénsale rápido y nos avisas. Yo sé quién te puede ayudar a encontrar una clínica —me guiña el ojo—. Se me hace que hasta te puede acompañar, fíjate, para que si alguien ahí afuera te molesta, tú, como sea, entres.

Silvia me pregunta si le puedo dar mi teléfono. Le digo que cuando acabe me la pase y nos ponemos de acuerdo.

Si mi hermana no puede jugar, yo tampoco. Eso fue lo que le dije una vez a uno de los niños de la colonia, uno de esos líderes que forman equipos y seleccionan personas desde las canchas improvisadas de la infancia hasta el resto de sus vidas profesionales, dividiendo el mundo entre hombres y mujeres, bellos y feos, blancos y morenos, con o sin dinero, competentes e incompetentes. Otras fronteras, para las que no estábamos preparadas, además de la nuestra: la que separa a los sanos de los enfermos. Aquel niño sentenció esa tarde en el parque, en su uniforme escolar, con una mano aleccionadora y la otra dueña de la bola de beisbol, que de ninguna manera Celeste podía jugar.

—¿Y por qué no *puede* jugar? —pregunté apelando al muro de niños a nuestro alrededor.

—No pue-de.

—¿Cómo que no va a poder?

El niño recogió el bat del pasto, se acercó a Celeste y se lo ofreció. Celeste lo agarró con las dos manos, me miró confundida y con trabajos se lo recargó en el hombro.

—Batea, niña, ándale.

—Se llama Celeste.

—Como sea. Órale, batea.

Celeste obedeció la orden con su mente, pero no podía mantener entre sus dedos el bat. Después de un par de veces que se le cayó antes de poder balancearlo en el aire, algunos niños se rieron y otros se dieron la vuelta, desesperados porque el juego no comenzaba.

—Si mi hermana no puede jugar, yo tampoco —la tomé de la mano y nos largamos.

Le doy un abrazo quizá impertinente, como si no la hubiera visto hace tres días. Silvia, tranquila, sin el impulso de quitarse mi peso de encima acomoda en diagonal su cuerpo. Me devuelve el saludo y por telepatía le pido que me abrace más fuerte.

He sacado fotocopias de un libro con las páginas divididas en renglones atravesados por líneas inclinadas para practicar la figura de las letras. Silvia tiene que armar una frase y elegir entre los diferentes estilos, mucho más artísticos que los nuestros. Tal vez si piensa en las letras y las palabras como una conexión con la belleza, esa relación más estética que utilitaria la apegue de otra manera al lenguaje escrito y se lo lleve como algo suyo cuando salga de aquí. Mientras Silvia se debate entre las tipografías, yo coloco mi teléfono celular sobre la mesa de vidrio, conecto los audífonos y se los entrego. Ya una ceremonia rutinaria de los últimos días. Sin levantar la mirada de las hojas se los pone un instante en los oídos y después los ajusta a la curvatura de su panza.

—¿Te puedo hacer una pregunta?

—Adelante.

—¿Cómo llegaste a este lugar?

Silvia elige un abecedario más bien humorístico de letras mayúsculas, curvas e infladas como globos, con reflejos en las esquinas superiores que simulan una tercera dimensión. Es curioso que estando ella cada vez más hercúlea opte por letras redondas.

—Pues, yo me trepé un martes a un autobús con dirección aquí a la Ciudad de México, para abortar. Ni avisé en mi casa, ya te conté. Yo, en mi cabeza, dije Voy y vengo, si lejos no es. La clínica está en Tlalpan, no había que venir tan hasta acá, que quién sabe dónde estamos en esta pinche ciudad tan gigante. Era ahí mero por la entradita. Y ahí había unas muchachitas. Que si estaba segura, que por qué lo hacía. Que si no se me había ocurrido que el bebé tendría mi sonrisa... Bien pensado que tenían todo lo que me dijeron. Que lo pensara, pues. Que no era necesario que yo tomara una decisión en ese momento...

Me muerdo la lengua mientras me cuenta que le ofrecieron un desayuno en el interior de una camioneta donde le mostraron cartulinas con fotos de fetos desmembrados.

—Qué cabronas.

Dentro de la camioneta le pidieron que acunara las manos y le pusieron bracitos y piernitas de plástico. Le dijeron que después de que lo matara ellos iban a rescatar al bebé de la basura y le iban a poner su cuerpecito despedazado en las manos.

—Una tiene que ir en ayunas a la clínica, entonces, ese mero día, yo ya no iba a poder. Y estaba que me caía de cansancio. Y también, pues, en ese momento estaba yo bien... no sé... afectada. Estaba yo, que no era yo. Y andaba con el pendiente de regresar, porque pues no fueran a pensar que me hubiera pasado algo. No sé, que estaba yo muerta o algo así —sacude una mano en el aire—. O que me fui así nomás. Total, que me dijeron que diosito esto y lo otro, que si los planes divinos y cuando vieron que a mí eso no me convencía, me invitaron de comer. Y me ofrecieron que me conseguían una casa de puras mujeres que estaban en mi misma situación, con una cama, para que descansara. Sirve que mientras descansaba lo pensaba. Y, no sé... Yo, dentro de mí, tal vez, sí quería pensarlo. No sé si pensarlo, saberlo. No sé...

—Me hubiera gustado ir contigo a la clínica, y cuidarte después.

—No, pues imagínate a mí. Pero ya fue... Y pues, toda decisión es un sí y un no. Aquí sigo. Y, bueno, ya ni te digo lo pendeja que me sentí después.

Leo en voz alta las instrucciones para sus letras burbuja. Primero, marcar los límites de su tamaño en los renglones. Segundo, dibujar con trazos arqueados, de preferencia continuos, el contorno de cada letra. Evitar los ángulos. Tercero, trazar los huecos internos. Cuarto, agregar líneas paralelas cerca de alguna de las orillas, siempre con la misma orientación, para crear el efecto brillante.

—¿Qué frase quieres?

No sabe. Le recuerdo la carta para el bebé. Se queda pensando y sobándose en círculos la barriga de buda, como invocando a la Silvia que era cuando nos conocimos. Tal vez no piensa necesariamente con palabras y una carta escrita no sea la mejor carta. Silvia es el cosmos del bebé y han estado conversando de otras maneras.

—Piensa en una sola cosa que le quieras decir. Una sola. No importa si es la primera parte o la última. Una idea sencilla que…

—Te quiero mucho —me interrumpe.

Silvia conoce bien *te*, *ro* y *mu*. La *q* la reconoce como la *d* puesta de cabeza y que suena como a veces suena la *c*, pero no hemos visto cómo juega con la *u* antes de la *i* y la *e*. Ha visto muchas veces la frase y cuando se la escribo en su libreta roja con mi letra mayúscula y una breve y muy poco freireana explicación de *qui*, reconoce el andamiaje y asume como entendida, por ahora, la lógica de la combinación que permite la *u*.

Silvia comienza a esbozar sus letras gordas. Del libro de caligrafía leo datos curiosos como que la cultura china no separa el arte de la letra del arte del dibujo. El aprendizaje de la técnica del trazo se fundamenta en la armonía de sus ideogramas y fue la base de la formación clásica de los pintores orientales. Silvia responde a la lectura con ese gesto suyo de cejas arqueadas y labios atrompados que significa que le vale. La palabra *caligrafía*, continúo, proviene de dos palabras griegas: belleza y escritura. Me pide que mejor le lea un cuento. Traigo en la mochila los cuentos de *El último de la estirpe*. Empiezo por "Retrato de una desconocida". No he terminado esa historia sobre el encuentro alegórico de una mujer cosmopolita con el retrato de otra mujer igual de solitaria, pero pintada, cuando Silvia empieza a contarme que la noche anterior soñó que daba a luz a su madre.

—Hace mucho que no la veía. Hace un buen que no me la encontraba en mis sueños, y ahora me salía, bueno, se me salía, porque era casi una ida al baño. Ni me dolió.

La madre recién nacida lloraba, como hambrienta. Silvia la cargaba, la mecía, y nada. No sabía cómo tranquilizarla. Silvia nunca ha dado el pecho, aunque un par de veces se lo ofreció a su hermanito, el más pequeño, cuando su madre se fue. Para que no la extrañara. No logró calmar a su hermano. No logró calmar a su madre parida en ese sueño en el que Silvia no sabía cómo acomodarla en sus brazos, cómo alinearla a su pecho, cómo sostener con la mano libre su seno lleno de leche para colocar su pezón en aquellos labios.

—Yo estaba, bueno, desesperada. Y luego... me cantaba una canción.

—¿El bebé?

—El bebé, Juli. Y era una canción muy bonita, que a mí como que me calmaba, no sé.

Miramos su hoja. Ha terminado las primeras dos palabras y para mi sorpresa las líneas curvas son mucho más firmes de lo que esperaba. En estos meses ha tenido un lápiz y una hoja sobre la mesa y su mano poco a poco se ha soltado. Son materiales ahora familiares, permiten otros desdoblamientos.

Es curioso que, para este momento, la letra con la que yo escribo esta escena en mi libreta verde también sea más legible, las mayúsculas cursivas se entretejen, aunque nunca dejan de notarse las costuras ni dejo de levantar la pluma antes de terminar una palabra.

Le cuento que hace unas semanas soñé que cargaba a una bebé que no era mi hija, pero sí era mi hija.

—¿Tú de casualidad no soñaste eso? A lo mejor soñamos lo mismo.

—¿Qué dices? —Silvia se rasca la pantorrilla.

—Al despertar, me di cuenta de que la mujer que cargaba a la bebé no era yo, y yo creo que eras tú.

—¿Y por qué iba a ser yo?

—Pues porque tú eres la que está embarazada.

Se quita decidida los audífonos del vientre. Los pone sobre la mesa como si fuera a azotarlos contra el cristal, pero los deja caer con cuidado y se cruza de brazos en un gesto apático. Todo su lenguaje corporal me protesta. Estoy desobedeciendo su deseo de conservar cierta distancia con el bebé.

—Ay, Julia, Julia.

Me esquiva con voz juguetona y regañona, y vuelve a sus hojas que desde mi lugar parecen partituras.

—Dice la del profi que casi siempre una sabe qué va a ser, o qué es, porque lo sueña. Pero si lo soñaste tú, pues, no se me hace.

En vez de líneas continuas, Silvia ha construido las burbujas con pequeñas rayas como pinceladas y se dispone a borrar con una goma de migajón los excedentes. Me recuerda aquellos letreros para tu mejor amiga en la primaria o para aquel compañerito de clase por el que secretamente sentías los primeros calores de la atracción, y que un día a la hora del recreo dejabas sobre su pupitre sin remitente. El de Silvia es otro tipo de amor. Un amor con sus propias restricciones.

—¿Era una niña?

Mi madre tiene razón: el bebé cambia con el sexo. Pienso en que me hubiera gustado ser algo así como su tía.

Me encojo de hombros, ocultando mi emoción y preocupación por que sea mujer.

—¿Y por qué no tienes tú una hija? —pregunta Silvia, terminando la declaración inflada de amor en el papel—. A lo mejor por eso estás chingue y chingue, ¿verdad?

—Creo que te lo van a decir en el parto.

—Si yo digo que no quiero que me lo digan, no —me apunta con el lápiz.

—Lo siento.

—No eres tu mamá, eh.

—Lo sé. Perdón.

—Fui a un psicoprofiláctico.

Mi madre deforma la boca como de espanto solo de imaginarme ahí.

—Fue como una sesión de terapia sobre el cuerpo.

—Claro, tú porque estarías ahí de turista.

Se levanta de su mecedora gris como si de pronto recordara un pendiente. Se va hacia su cuarto. Me grita desde allá que no sabe si debería preocuparse. Creo oírla decir que no debió haber llevado al albergue a alguien que siempre está huyendo de sí misma. Regresa con el cabello de lado, se lo habrá volteado frente al espejo de su habitación. Así lo lleva ahora. Se cambió la pijama por pantalones azul marino rectos, debajo de una camisa verde pantano. En la puerta se calza un par de zuecos.

—Acompáñame.

Salimos del departamento, bajamos por las escaleras del edificio y caminamos por la calle Progreso hacia Patriotismo. Le pregunto cómo fue su parto. Tengo ganas de escuchar esa historia nuestra que nos une y nos separa, y que solo ella puede contar. No le encanta la idea, pero insisto y ella, como una bruja que suspira antes de empezar un hechizo, abre un portal.

—Ese día yo estuve hablando contigo. Era martes, mi cumpleaños. Lo primero que pensé cuando abrí los ojos al despertar fue Hoy puede nacer. Y en algún momento de la mañana me senté sola, tu papá estaba trabajando, me senté en el sofá de la sala gris, no era el que tú conoces sino la sala que me regalaron mis tías cuando me casé. Le tenía mucho cariño, pero Celeste y tú me la desgraciaron con plumones indelebles. Ahí me senté a platicar contigo.

—¿Qué me decías?

—Te decía que había llegado el momento de despedirte de tu placenta —la voz de mi madre adquiere un aura—. Había leído que, en algunas culturas, la placenta es como una hermana gemela del feto y te decía que no te preocuparas por separarte de ella ni por dejar tu líquido amniótico y esa casita calentita y apretadita, porque yo te iba a recibir. Ya antes narraba mi vida para ti, para acompañarte también con la voz, para contarte que había otro lado. Te contaba de las buenas cosas de la vida, para que te animaras a salir. Pero ese día te decía que nuestro tiempo a solas se había terminado y era momento de conocernos afuera. Nunca voy a olvidar que no pude decirte que seríamos siempre felices. No quise prometerte que el mundo era un lugar maravilloso, ni que solo íbamos a pasarla bien. Yo no quería mentirte. Me sentí mal de no poder decirte que me entregaría por completo a ti. Pero sí te dije que te amaría siempre. Y que te acompañaría, y te ayudaría a crecer, a que fueras quien te diera tu regalada gana, a que te sintieras segura de ti misma para que eligieras. Y te pedí que fueras mi equipo durante el parto, que pudieras nacer sana.

Esta tarde mi madre y yo serpenteamos por su relato y por las calles, tomando a propósito el camino largo.

—Y me llamaban y me felicitaban. Me invitaban a comer, a cenar, y yo que no, que no. Yo quería estar tranquila en mi casa, contigo así, adentro, tan mía, quería aprovechar nuestros últimos momentos.

Se toma un minuto para buscar esa memoria específica entre todo lo que guarda en su archivo. Luego, me mira de reojo, creo que constatando que el bebé de sus recuerdos y yo somos la misma persona. No hay parentesco sin relato.

—Y ahí estaba sentada en el piso de la sala y de pronto sentí que me hacía pipí. Se me había roto la fuente.

Camina erguida y sin prisa, con una gracia natural, sin petulancia. Las manos guardadas en los bolsillos de un largo saco de lana color marfil, mirando las fachadas, los árboles, las personas, siempre fuereña.

—Fue un trabajo de parto titánico, de unas ocho horas. Un dolor ardiente —empuña las manos y las levanta—, como si me prendieran fuego en la espalda baja. Un dolor, pero un dolor…

—¿Ocho horas de infierno?

—No —se cruza de brazos ante un viento sibilante que nos rasga la piel—, las primeras horas fueron fáciles, estuvimos echando el chisme tu papá, la doula y yo. Hasta que yo creo que, a ver, déjame ver, naciste a las 7:30 de la noche, bueno, las primeras horas fueron más o menos llevaderas, con dolor pero podía platicar y gatear, bailaba y cantaba —canta unas vocales como de meditación, los otros peatones nos miran—, me bañaba. Luego vinieron unas contracciones ahí sí muy malditas y una detrás de otra. ¿Sabes de qué me acuerdo? De no poder creerme el dolor. De pensar No puede ser. Estaba tan cansada que me senté de loto sobre la cama del hospital y cuando venía la contracción yo anunciaba Ahí viene, y entonces todos se callaban. Dejaba que me ardiera, les decía Órale, vas. Y a respirar. El dolor es tan brutal que no hay más que entregarse a él. Y anunciaba Ya se fue, y entonces todos volvían a platicar. Me ofrecían hielo, agua, chocolate, lo que fuera. Me acuerdo que llevábamos cocas, chamoy, papitas, pura cochinada.

Es extraño haber estado en una escena tan radical y escucharla como un cuento. ¿Cómo sería nuestro origen si recordáramos esa transición a las afueras?

—Te vuelves buena aguantando. Ahora, yo estaba como a punto de levitar, ¿eh? Muy enfocada. Tengo una foto por ahí que me tomó tu papá, acuérdame que te la busque. Las enfermeras decían Vengan a ver a esta que ni se mueve. Nunca antes me había concentrado tanto. ¿Viste cuando sabes que después te vas a poder felicitar por lo bien que te está saliendo algo, pero en ese momento no te puedes distraer? Y todo bien, todo bien, todo bien. Pero todo está bien hasta que deja de estar bien. Ya cerca de empezar a pujar, que me ponen el cinturón en la panza para tomar tu frecuencia cardiaca y estaba altísima. De pronto tenía a un muro de doctores con cara de preocupación frente a mí. Taquicardia prenatal.

—Eso nunca me lo habías contado…

—No sabíamos por qué. Te podías haber enredado con el cordón, o atorado. Y me dio mucho miedo y me desconcentré. Y empecé a sufrir muchísimo. Las contracciones me agarraban desprevenida. Estaba iluminada y aterrorizada al mismo tiempo. Yo te había pedido esa misma mañana que fueras mi equipo y lo fuiste durante ocho horas, cuando se te aceleró el corazón me di cuenta de que me tocaba a mí ser tu equipo. No iba a poder seguir negociando conmigo misma el dolor y al mismo tiempo estar preocupada por que no se detuviera tu corazón. Y —chasquea los dedos— al quirófano. Y en un ratito estabas en mi pecho. Con oxígeno, porque naciste agitada, pero en mi pecho.

—Y sonaba "Wild World".

—Y sonaba "Wild World".

Mi madre narra su experiencia liminal con el asombro de quien vio lo invisible. Donde se cruzan lo épico y lo siniestro. Seguimos caminando. Hemos cruzado de la Escandón a la Condesa. Las terrazas de los restaurantes de Mazatlán están llenas y un amasijo de voces y risas se mezcla con la oscuridad de la noche y la luz de los faroles. Algunas personas pasean a sus perros, que cuando se encuentran con otros perros ladran, tal vez discutiendo. Otras personas pasean empujando una carriola, con los audífonos puestos, compartiendo en su propio mundo esta calle con alma de malecón.

—Y todos, incluidos mi ginecólogo, las enfermeras, todos, malditos, me hicieron sentir como una fracasada.

Me quejo, saltando un charco. Se queda pensando, removiendo sentimientos sedimentados.

—Sí, y todo el mundo me decía Ay, qué pena que fue cesárea o Pero no fue tu culpa, ¿eh?, tú ibas muy bien.

Todo a nuestro alrededor está mojado, otro ligero viento nos enfría un poco. Una suave lluvia de la tarde, un excedente del verano, se cuela como distraída hasta el invierno. Las gotas repiquetean desordenadamente sobre nuestras cabezas y hombros.

—Yo creo que gracias a esa bendita cesárea eres tan tranquila.

—¿Cómo?

—Porque te estresaste, tal vez por primera vez en tu vida, y mi mensaje fue No te preocupes, te sacamos. Está todo bien.

Tomo su brazo y recargo mi cabeza en su hombro.

—Tal vez demasiado tranquila —me da unas palmadas en la mejilla.

Mi madre saca de su abrigo el monedero y tuerce a la derecha para comprar una hogaza de pan en la barra de un restaurante. Hay pocas personas haciendo fila. Nos situamos después de la última, detrás de un hombre vestido de negro con tenis blancos inmaculados, que sostiene su bicicleta roja con una mano y su celular con la otra. Al vernos se reacomoda sobre su lugar para darnos la espalda.

—Creo que yo tengo más miedo al parto que Silvia.

—Pues claro.

—¿Por qué?

—Porque como no vas a vivirlo, puedes darte el lujo de tener miedo. ¿Quieres algo?

Me compra un rol de cardamomo caliente que me voy comiendo en el camino de regreso. Ella va dándole mordidas a un panqué de jengibre, que no se me antoja. Nuestros zapatos, mis tenis negros y sus zuecos cafés, avanzan con manchas de agua. Nuestros cabellos despeinados y esponjados por la humedad.

Silvia le pidió al portero la dirección de su chequeo ginecológico. Quedamos directamente en el hospital 20 de Noviembre, en la colonia Del Valle de la Ciudad de México. Son las diez de la mañana. Es martes. Nos acomodamos en las sillas tándem de la sala de espera. La luz entra por detrás de nosotras, traspasa los ventanales del pasillo que dan a un patio central siete pisos abajo, por el que cruzan diminutos hombres y mujeres en batas blancas. Algunos pacientes o familiares esperan recargados en las jardineras. Si giro la cabeza hacia delante encuentro posters en los que predomina el color rosa, con infográficos sobre cuidados durante el embarazo, a favor de la lactancia. Si miro hacia abajo, la sombra de mi cabeza y de mis piernas cruzadas se funde con la sombra de Silvia, como una unión de conjuntos. Los límites de nuestra relación cambian con el movimiento de la luz oblicua. Un par de asientos a su izquierda, la custodia una monja con sus zapatos azul marino de agujetas, suéter abotonado por el frente, medias y falda cuadrada del mismo tono. Hace mucho que no pisaba un hospital. Le cuento a Silvia que estar ahí me recuerda a cuando jugaba con mi hermana a las carniceras, vestidas con las batas y gorras de gasa azul que nos regalaban sus enfermeras. Usábamos los cubrebocas de corpiños. Le inflaba globos de mano con los guantes de látex, a Celeste le gustaba decorarlos. Ya pintados se los regalaba a sus amigos de la escuela. Ese lugar también me recuerda el chillido de las ruedas de la silla con que empujaba a mi hermana cuando íbamos de un área a otra.

Una doctora joven, que se asoma por la puerta de su consultorio, llama a Silvia, que yo no sabía que se apellida Reyes García. La doctora es alta, morena y delgadísima. El pelo castaño le escurre hasta la espalda baja. Me llama la atención que trabaja subida en un par de tacones de aguja. Es amable al saludarme. Silvia la llama

Viri, así nomás. Me presenta como su maestra. La doctora levanta las cejas y Silvia se corrige:

—Mi amiga, la maestra Julia. ¿No le molesta si entra conmigo?

Es la quinta vez que se ven, tal vez la última antes del parto. Los chequeos rutinarios son en el albergue, pero este es un estudio que llaman estructural y requiere de un aparato que no puede moverse. Además, no lo manejan los médicos practicantes que van a hacer revisiones más básicas a domicilio.

Silvia responde una pregunta tras otra, acostada sobre una camilla, con el vientre inmenso expuesto para que le lean el futuro. Sí, ha sentido algunos apretones en el vientre. Sí, el bebé se ha estado moviendo. La doctora le advierte que si pasan horas sin que lo sienta deben llamarla.

Silvia se aprieta los dedos inquietos de las manos. Qué diría ella si narrara esta escena. Doy un paso hacia atrás para que no me mire sonreírle a la pantalla. Hola, saludo al bebé con el pensamiento. Se me escapa un sonido de asombro que Silvia no atiende, pero la doctora replica:

—Sí, ¿verdad?

La doctora sabe que Silvia no quiere saber el sexo. Se ocupa de no mostrarnos los genitales. Así que por acuerdo previo se refiere a la criatura en masculino. El bebé está muy bien. Las dimensiones de sus pequeños huesos y su cerebro son normales. Debe pesar poco más de dos kilos. La doctora señala con su pluma un par de diminutas curvaturas, es cachetón. Vemos el movimiento instintivo de sus labios: se abren y cierran ensayando para succionar la leche materna. Tiene suficiente líquido amniótico. Una especie de barrera grisácea es la placenta y aunque ahora es mucho más delgada que antes todavía lo alimenta.

—Entonces ¿está todo en orden?

La doctora le responde que perfectamente, mientras desliza el sensor por la panza de Silvia. Nos pregunta si no queremos tomarle una foto a la pantalla. Silvia, con total seriedad, sigue apretándose las manos a la altura de su cuello. Yo saco del bolsillo trasero de mis pantalones mi teléfono celular con la pantalla agrietada y tomo a escondidas un par de fotos y un breve video del bebé flotando en su hábitat natural al momento en que levanta un brazo y el cordón, ese mítico órgano temporal, ondea.

—¿Está bien si le ponemos música? —pregunta Silvia, en plural.

La doctora celebra la propuesta. Es buenísimo. Que la música clásica ayuda a que sean más inteligentes es una de tantas leyendas. El reguetón les ayuda a desarrollar su cerebro. Le pasa una servilleta de papel a Silvia para que se limpie el gel del vientre. Luego le ofrece ambas manos para ayudarla a levantarse. Le pregunta, en un tono de voz tan suave que casi pudo haberla sentado en sus piernas y haberle acariciado el pelo, si tiene alguna duda sobre el parto.

—¿Como cuánto usted cree que me queda? —Silvia formula la pregunta como enferma terminal.

—Quizá una, dos semanas máximo.

Me acerco a la camilla donde está Silvia y la rodeo con el brazo. Ella deja caer su cabeza sobre mi hombro y balancea las piernas. La doctora concreta una cita la próxima semana, estampa un par de sellos en unos documentos y firma una cartilla de control prenatal que Silvia se guarda en la chamarra.

—¿No quieres saber el sexo del bebé? —le susurro al oído a Silvia.

—Si quieres te lo digo —dice la doctora devolviéndonos la mirada sobre los armazones de sus lentes, sin pausar el tecleo en su computadora.

Sabe, o sabemos, que modificará su vínculo con el bebé. Pensamos, o pienso yo, que será mejor para despedirse saber de quién se despide para nombrarlo, desearle, conjurarle, entregarlo, soltarlo. Pero Silvia no es un ser hambriento de procesos.

Silvia arruga el entrecejo, asiente levemente y aprieta mi mano.

—¿Segura? —pregunta la doctora.

Silvia me mira de reojo.

—No, no quiero —me suelta.

—Si no es esta, ¿qué otra sorpresa verdadera hay? —sonríe la doctora.

Leo en internet tantos testimonios como encuentro de madres que han dado a sus hijos. Busco palabras de mujeres satisfechas, pero, al parecer, ellas no escriben en los foros. Casi todo lo que encuentro coincide en que no se arrepienten de su decisión pero lo más difícil no es el momento de la renuncia, sino el regreso a casa, sin bebé. Con la memoria de la panza ante la piel floja del vientre. Regresar a casa siendo irremediablemente otra persona. Una persona a medias que una de ellas describe como una situación sencillamente antinatural. Para ninguna fue solo un alivio volver a su vida anterior. Ahí es donde se llora. En el contraste. En la contradicción. Debajo de las sábanas de la antigua cama. Donde siempre. Donde nunca. Y en los momentos de soledad, cuando nadie las escucha gritar. No hay un día en que no piense en él. Es lo más correcto y lo más duro que he hecho en mi vida, no se lo deseo ni a mi peor enemigo. Sentí que me arrancaban el corazón y echaban ácido en el hueco. Te odias, te odias a ti misma por el resto de tu vida, pero te agradeces haberle dado una madre mejor. Renuncias a la posibilidad de perdonarte algún día. La mayoría menciona la ausencia de una parte de ti. La cojera se normaliza. Se sobrevive, cuentan algunas. La vida se hace vivible, pero nunca dejas de llorar a oscuras y a solas. Se negocia. Algunas, las que saben quiénes son sus hijos, espían sus perfiles en las redes sociales, a veces todos los días. Las que han renunciado a ser parte de sus vidas tienen fantasías con ellos. Las que pueden verlos aprenden a actuar, fingir solo alegría al verlos y desquitarse en los tiempos y espacios destinados para el sufrimiento. Algunas actúan desde el principio. Se prohibieron sobarse la panza cuando el bebé se movía. Se obligaron a apretar la mandíbula en vez de quejarse por los malestares. Sobrellevaron el cansancio y los pies hinchados sin reclamos. Olvidaron los sueños lúcidos. Algunas confiesan haber aprovechado el calvario del parto y las penumbras del posparto como un castigo: la vagina rasgada o la cadera dislocada para liberar el dolor psíquico. Pienso en cómo Silvia va a encontrar la posición natural para volver a levantarse al día siguiente. Pienso en cómo puede Silvia distribuir su hueco conmigo.

Mi madre quiere una segunda opinión para comprarse unos lentes. Quiere un punto de vista juvenil para evitar verse anticuada. A pesar de lo mucho que me he burlado de esos armazones gruesos y negros que la hacen ver como Edna Moda, quiere elegir conmigo.

En la tienda nos ofrecen un pedacito de cartón blanco rociado con perfume. Sacar una tarjeta de crédito. Mi madre y su sonrisa de no me interesan. Lleva puestos unos zapatos rojos de tacón bajo, cuadrado y ancho, que habrá comprado su nuevo yo. Una falda pantalón beige a la altura de la pantorrilla. Es notable que no se mira en cada espejo por el que caminamos, como yo sí hago, y por eso me retraso.

Quiere cambiar y primero elige lo opuesto: típicos lentes rectangulares que tal vez piensa que no interfieren con su personalidad, pero le cambian la apariencia.

—No exageres.

—Nunca le atino contigo —responde mientras la dependienta, parsimoniosa, baja y sube lentes de la vitrina.

Le muestra unos que presume de populares, a la Andy Warhol. Mi madre niega con la cabeza y ella le ofrece unos lentes sin armazón.

—Ay, no, de Felipe Calderón, no.

Le sugiero un modelo con las esquinas levemente puntiagudas y los evalúa con sospecha, pero los acepta. Los elige primero en un marco dorado y delgado.

—Mamá, estuve pensando en que tal vez podría acompañar a Silvia a su parto.

Ya sé qué me dirá. Que ese, el de la acompañante, no es de ninguna manera mi puesto. Y eso que no sabe que fui a un chequeo médico con ella. Mi madre me va a decir que quiero estar ahí porque creo que debo estar ahí, pero estoy equivocada. Y me dirá lo que realmente quiero. Lo que realmente necesito: hacerme a un lado, respetar a Silvia y retomar mi propio camino. No estorbar. No ejercer ni por error ni por amor ninguna presión sobre ella. *Acuérdate, Julia, tú no eres la mamá.* Me va a decir que estoy demasiado involucrada sentimentalmente. Y que no tengo la solvencia moral para opinar. Y tiene razón: yo solo tenía que enseñarle las letras, sin quererla y sin querer lo que yo creo que es bueno para ella. Me va a recordar que soy ignorante y egoísta. Me va a preguntar si ya le pregunté a Silvia qué es lo que ella desea, en vez de suponer. Me va a regañar. Me dirá que no se trata de dar, ni de estar, ni de entender, sino de respetar.

Sabe que la estoy esperando y se pone unos lentes de armazón grueso.

—Qué moderno —exclama pronunciando la *r* en inglés, ante su reflejo. Luego se los prueba en azul cerúleo y le parecen muy alocados. Después en vino. Estos últimos se los deja puestos un rato. Hace muecas frente al pequeño espejo ovalado. El acordeón de arrugas en su frente se acentúa. Mi madre se mira desde una variedad de ángulos, finge una conversación con un interlocutor imaginario. La dependienta y yo nos reímos de ella, y ella también, como si fuéramos parte de su pequeña obra de teatro. Termina por sentenciar que se ve ridícula. Se los quita como un disfraz. La elección de un armazón nunca es inocente.

—¿Sabes qué?

Mi madre se recarga en el vidrio del mostrador. La dependienta devuelve todos los armazones a su lugar en las repisas. Mi madre le agradece y le pide disculpas por su indecisión. La dependienta le dice que no se preocupe, que es un placer, que para eso está, pero todas sabemos que si por ella fuera estaría haciendo otra cosa. Mi madre se recarga sobre el mostrador y señala unos lentes hexagonales, muy delgados, en falso carey.

—Yo te acompaño.

—¿De veras?

—Si es que Silvia quiere que tú estés ahí —se endereza para colocarse los lentes y se mira con sospecha en el espejo de cuerpo completo a unos pasos, en el departamento que vende bolsas—. Si estoy yo, no te van a echar. Yo tampoco quiero que esté sola.

Mi madre entrelaza las manos y las deja caer frente a ella. Los lentes parecen complacerla. Entabla una nueva conversación con su reflejo.

Sueño que Silvia me espera en el sillón de la sala del albergue. Está desparramada en el asiento de plastipiel beige, con su cabello negro recién destrenzado sobre su espalda, unos lentes violeta y las piernas abiertas. Una molestia nueva en la cadera la encabrona. Así que yo me quito los tenis y me trepo al sillón para hincarme detrás de ella y darle un masaje que misteriosamente sé dar. Mientras hundo mis dedos en su piel, ella respira como le enseñó la partera. Está lanzando frases para esa carta destinada al bebé. Pero, a la mañana siguiente de ese sueño, la razón por la que se propuso aprender a escribir le parece bastante menos atractiva.

—¿Ya no quieres escribirle una carta?

No dice ni que sí ni que no. Me explica que estuvo pensando en las cartas falsas de su madre. Cuando Silvia creía que las cartas eran verdaderas, le recriminaba a su madre, a veces en secreto y otras en voz alta, cómo podía conformarse con solo mandar una carta, cómo podía reducir la relación a palabras en papel. Se preguntaba si para su madre eso era suficiente y, aunque así fuera, por qué sometía a su familia a no recibir más que un mensaje. Esas invenciones de la abuela eran todo en lo que la madre se había convertido. ¿Por qué no venía por ellos? ¿Qué era más importante? Cuando descubrió que los textos eran puro teatro, Silvia comprendió las intenciones de la abuela de suavizar el abandono, pero ahora que está embarazada y es ella quien quiere irse, piensa que si para ella hubiera sido más sencillo no saber ni esperar nada, para su hijo también.

El viento golpea los ventanales. Las nubes se mueven rápido, desfilando por el cielo. Arreciará en pleno invierno.

—Cuando el bebé sea grande va a decir Esta culera me escribió una cartita, y luego ahí te ves. Va a decir Pa' qué me escribió.

—¿No hubieras querido recibir tú una carta verdadera? A mí no me hubiera importado una carta de mi papá. Me hubiera encantado una carta de Celeste.

Al cabo de unos instantes toma aire y lo suelta como caballo. El bebé aplasta sus pulmones.

—No.

Yo quiero escribirle esa carta. Enlistar deseos y consejos. Complementar nuestros aprendizajes con una constelación de sabidurías sobre cómo decir que no, cómo ser ella o él mismo, cómo no sentirse sola, cómo quererse, cómo no compararse sino sumarse…

—No tenemos que escribirla si no quieres.

—No quiero que piense en mí.

Se talla los ojos rojos, que se le enrojecen aún más. Me levanto de la silla para sentarme a su lado. Poco a poco relaja la quijada. Su mirada se mantiene firme sobre el horizonte. Sin quejarse. Contemplamos ese espacio de fuga, donde soltamos la conversación. El futuro del bebé está ahí, en nuestro pensamiento. Le ofrezco mi mano por debajo de la mesa y la acepta. No nos importa que nos vean. Sus pestañas chatas descienden. Afirma mi mano. Me pregunto por la forma que toman sus preocupaciones. Si las deja pasar o las acumula. ¿En qué consiste ser fuerte? Abre los ojos. Me encuentra, como siempre, observándola. Suelta mi mano con prisa para sobarse un tirón en una coordenada de su panza. Silvia es, tal vez más que nunca, su cuerpo. Y si el parto es como lo describen, después de toda la transformación en la que ha cedido ante el feto, todo en ella se dispondrá al nacimiento.

—Me gustaría acompañarte en el parto.

—¿De veras? —me devuelve la mirada, pero no la mano.

—Sí. No quiero que estés sola.

Silvia arquea las cejas, quizá un poco sorprendida. Se lo piensa, quizá la propuesta le resulta impertinente. Aun así dice que sí.

—¿No me vas a decir qué es? Si lo ves.

—Te prometo que no.

—Yo tampoco quiero estar sola —me sonríe—. ¿Me vas a echar porras?

¿Quién necesitaré ser para Silvia en ese momento? Veo documentales sobre el parto natural. Busco en mi computadora entrevistas y consejos de parteras. Hay, para mi sorpresa, doulas influencers. Ninguno de los videos supone que una amiga será la acompañante. La mayoría de los tutoriales están dirigidos a hombres, probables novios o esposos, que deben controlar en todo momento sus gestos para que la parturienta no vea el miedo en su rostro. Los videos enseñan instrucciones para respirar y dar en ese momento el ejemplo. Apunto mantras: El dolor no es más fuerte que tú, Una contracción menos, El dolor es necesario, Es solo una sensación. Subrayo mi favorito: No estás sola, estás con miles de mujeres que están pariendo en todo el mundo al mismo tiempo.

Veo videos caseros de partos en YouTube. Una cantidad incalculable de mujeres que dan a luz en una tina inflable en la sala de su casa transitan por lo que parecen variedades del infierno hacia una felicidad visceral que, por cómo lloran al cargar por primera vez a sus hijos, parece también superarlas. Y me pregunto por esa transmigración del sufrimiento a la plenitud. Las mujeres en los videos confiesan que al hablar más bien ya lo están imaginando, porque no pueden recordarlo. No pueden precisar la materialidad del dolor, pero sí su ruta. Recuerdan, sobre todo, algo más concreto: la tenacidad al aguantar, la intención de su vientre, la rendición de su cuerpo. Un glosario con sensaciones. El cuerpo recuerda, concluye una de ellas, pero en su propia lengua.

Toco el timbre de la portería como siempre. Se enciende una cámara por la que el portero descarta que soy peligrosa. Aprieta un botón que abre el seguro de la puerta. Antes me recibía con un buenos días burocrático y me pedía que me anotara en una bitácora, pero hace tiempo que nos saludamos juntando los dedos de las palmas de una mano y chocando el puño. Después vuelve a su diminuta televisión en blanco y negro. Atravieso el pequeño y floreado jardín delantero y entro a la casa atravesando la puerta principal, que nunca está cerrada con llave. Una de las monjas se levanta del sofá en ese lobby que tiene la mansión y me saluda como nunca lo ha hecho, como nunca ninguna monja me ha esperado para darme la bienvenida. Me pregunta cómo me encuentro esta mañana, cómo está mi madre. Es cordial y fría al mismo tiempo. Detesto ese desconcierto.

¿Dónde está Silvia? No alcanzo a verla sentada de espaldas en el comedor, no es ninguna de las siluetas en el jardín.

La monja me habla de los periodos y lo cíclico, en abstracto. Me pregunta si me interesaría seguir dando clases. Le pregunto dónde está Silvia, le digo que no tengo tiempo, mi alumna me está esperando. Me comunica que los días de Silvia en esa casa han terminado. ¿Cómo? Siento el ardor en los ojos que precede a las lágrimas, ¿a dónde ha ido?, el descenso del ritmo del paso del tiempo, la ralentización de las palabras que escucho, que anteceden a un viento interno que anuncia la soledad. ¿Cómo puedo contactarla? ¿En qué hospital está? ¿Cómo fue el parto? ¿Ella está bien? Me deshago en preguntas. Claro que Silvia está bien, me reporta. ¿El bebé está bien? Sí, gracias a Dios, también está bien. Nació ayer. ¿Cómo se siente? ¿Dónde se recupera? Es todo lo que puede decirme.

Me siento un momento porque no sé qué hacer conmigo.

La monja se inclina hacia mí para preguntarme si quiero un vaso con agua. Su forma de hablar, tan dulce, tan pertinente, tan desinteresada. La osadía de dar malas noticias con una sonrisa. Me dice que les encantaría que siguiera enseñando y visitando a las chicas. Que se nota que soy hija de mi madre, porque Silvia comentó que hablar conmigo le hizo bien.

—¿No me dejó dicho nada?

Cierro la pesada puerta metálica del albergue y me echo a caminar por las calles empedradas de San Ángel, desandando el camino con Silvia y buscando señales. Me oigo decir que tal vez no tuvo tiempo de avisarme, pero no me creo. Deambulo sin rumbo pensando en la lección de su silencio. ¿Nuestra cercanía era solo mía?, ¿ni siquiera mía? Camino aprisa por estas calles de banquetas soleadas con casas fastuosas, pero estoy en un callejón sombrío.

¿Alguna vez fui capaz de verla tal como era?

Necesito la monotonía del paisaje para acompasar los arrepentimientos que se me agolpan. Si hubiera tenido mejores preguntas, alternativas reales.

En algún rincón de este antiguo pueblo encuentro una pequeña parroquia con cuatro campanas y nichos que ahuecan las paredes amarillas. Un tejido rojo de nochebuenas enmarca la puerta. Me siento en una de las últimas bancas. Detrás de la pila de bautizo y la mesa para las ceremonias, la virgen triste en una túnica azul turquesa junta las manos. Los rayos dorados están rotos. Dejo mi mochila a un lado. Me cruzo de piernas, me cruzo de brazos. Me pregunto cómo estará Silvia, si decidió despedirse del bebé. Pienso en esos instantes en los que serían madre e hijo y solo eso. Dos cuerpos que fueron uno reconociéndose.

Silvia, escribo en las últimas páginas de mi libreta verde dentro de esa iglesia. Frente a ese juego de luces que entran por los vitrales de colores escucho el sonido, antes casi imperceptible, de la intuición, que siempre estuvo ahí, renovándose con cada uno de mis descuidos. Vuelvo al día en que la conocí, hasta la página en la que escribí, como un título, su nombre. Me pregunto si huyó de mi forma de quererla. Encuentro en algunas de sus frases, sus gestos, ahora distantes, pruebas de cuán poco la conocía. La distancia que llené nada más que con un relato sobre nosotras. Con cinta adhesiva tengo pegado el dibujo que hizo de su familia, sus cuatro hermanos y un toro asimétrico. Las listas de sílabas. Sus ademanes, sus cuestionamientos. El crecimiento del bebé, las canciones que escuchó. Tengo engrapadas algunas hojas donde escribió las primeras palabras que aprendió o que recordó, porque algo en las letras le parecía familiar y a veces aprender es mirar otra vez. ¿En ese lenguaje escrito pudimos encontrarnos? ¿En ese lenguaje escrito había algo que ofrecerle?

—¿Enloqueciste? —le pregunto a mi madre, después de observarla por un rato discutir consigo misma.

—Nada como planchar para aclarar los pensamientos —levanta un vestido color mostaza, de cuello mao. Lo cuelga de un gancho y lo va a dejar al armario en su habitación.

—Estás hablando sola.

En el radio, la voz legendaria del locutor presenta un especial de los sesenta.

—Los demás, como tú, piensan que una se volvió loca, pero está comprobado que hablar sola es una buenísima estrategia para pensar mejor —espera que me muestre aleccionada—, para argumentar, para elaborar ideas muy complejas. Los niños lo hacen todo el tiempo y mira lo inteligentes que son y lo en paz que están. Bueno —levanta una ceja y ladea la cabeza para no generalizar—. Pero sí genera otro tipo de cascadas mentales. ¿No sabías, tú, tan catadora de todo tipo de terapias, que hablar en voz alta es la mejor manera de callar las voces?

—¿Qué voces?

—Las vooooces —lo pronuncia haciendo manos de garra, como si se tratara del villano de una película de terror—. Te les impones.

Luego se acomoda detrás de las orejas el cabello gris que le estorbaba en la cara, toma unos pantalones de la montaña de ropa sobre el sofá y los estira sobre el burro de planchar.

—Las voces, mijita —mi madre resopla—. Del vigilante.

—¿Es hombre?

—No lo había pensado.

—Interesante… —le digo lento, imitando su tono de voz que analiza.

—¿Y qué terapia has estado probando últimamente?

—Ninguna.

—Vaya, vaya —desliza la plancha desde el tobillo hasta la cintura del pantalón azul marino. Luego de regreso y otra vez. Yo también me siento un poco hipnotizada por el ir y venir de la plancha sobre la tela arrugada.

Le cuento que estoy pensando en cortarme el cabello.

—Nunca hay que desobedecer el deseo de cortarse el pelo.

—Cortitito.

—¿Y eso? Si lo que necesitas es un cambio, por qué no buscas un buen trabajo.

Lo sé. Lo haré. Y también me buscaré una casa.

—¿Cómo va Silvia? ¿Cuándo va a parir? —pregunta con voz meditabunda, sin levantar la mirada del pantalón.

—Fui esta mañana y ya no estaba.

Mi madre pone de pie la plancha y levanta la mirada. Se lleva las manos a la cintura, mira a su alrededor como buscando una respuesta. Tampoco encuentra ninguna.

Me acuesto sobre el terciopelo azul del sofá. Mi madre desconecta la plancha y camina hacia mí. Toma en sus brazos la montaña de ropa limpia y la deja caer sobre la mecedora. Se sienta conmigo y descanso la cabeza sobre sus piernas.

—No te avisó.

Sus dedos masajean mi cuero cabelludo.

—Ay, mi reina. Yo te advertí…

Nos quedamos en silencio frente al burro de planchar y un mantel con un patrón de flores tropicales que está hecho bola sobre los bancos de la cocina. Me siento cansada. Me gusta el cansancio después del llanto. Desde ahí, en posición horizontal a la altura del sofá, veo las estanterías bajas del librero y pienso en Celeste gateando hacia ellas en el departamento de Uxmal. De bebé siempre la recuerdo con el mismo mameluco de peces azules. La veo avanzar hasta el límite de la estantería. La veo detenerse y estudiar la situación. La veo agarrar la madera y alzarse con esfuerzo hasta ponerse de pie, tomar confianza para sostenerse con una mano y con la otra tirar uno por uno los libros al suelo, en un duelo de sabidurías.

—Ni una forma del adiós.

La mano calientita de mi madre sobre mi frente.

Escuchamos el motor de los autos que pasan por la calle Progreso, algunos pitidos de los cláxones y campanillas de bicicleta, pasos entaconados e incluso el rumor lejano de algunas conversaciones.

—¿Por qué no le escribes una carta?

Pienso que necesito dejar de vivir en la palabra escrita.

Giro mi cuerpo hacia arriba, abro el pecho, la miro desde abajo. La piel colgante de su cuello.

—Si quieres nos cortamos el pelo juntas. A mí ya me tiene harta andarme peinando todo el tiempo.

—Bueno.

Mi madre susurra La la la la la la al ritmo de "Waterloo Station" de Jane Birkin del radio.

—Si quieres nos rapamos.

He tomado prestadas algunas ideas e imágenes de escritoras a las que admiro. La idea de que el instante adquiere permanencia es de Sylvia Plath. La idea de que la letra escribe sola es de Vivian Abenshushan. Que el malestar puede volverse una ideología es de María Negroni. La idea de creer en los vericuetos y la imagen del hueso ambiguo es de Elisa Díaz Castelo. Caer en el abismo dentro de una misma es de Olga Orozco. El don de la lejanía es de Andrea Cote. También me he inspirado en diferentes historias de vida y he tomado prestados testimonios públicos para crear una ficción. La experiencia y la escritura de muchas, muchas mujeres está en las palabras que emergen a la superficie y, sobre todo, en las profundidades de esta novela. Respeto y gracias ♥.

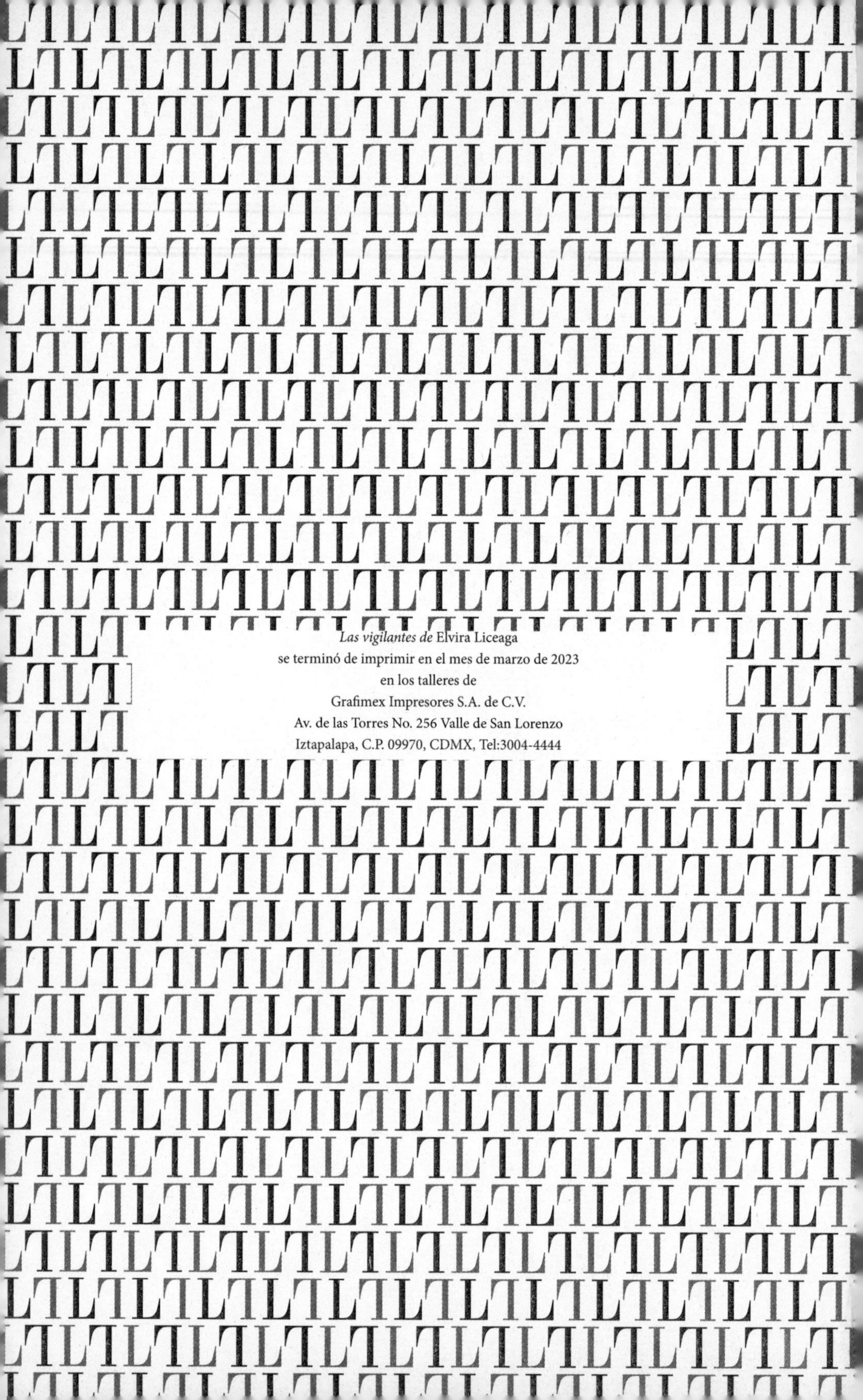

Las vigilantes de Elvira Liceaga
se terminó de imprimir en el mes de marzo de 2023
en los talleres de
Grafimex Impresores S.A. de C.V.
Av. de las Torres No. 256 Valle de San Lorenzo
Iztapalapa, C.P. 09970, CDMX, Tel:3004-4444